AF447391

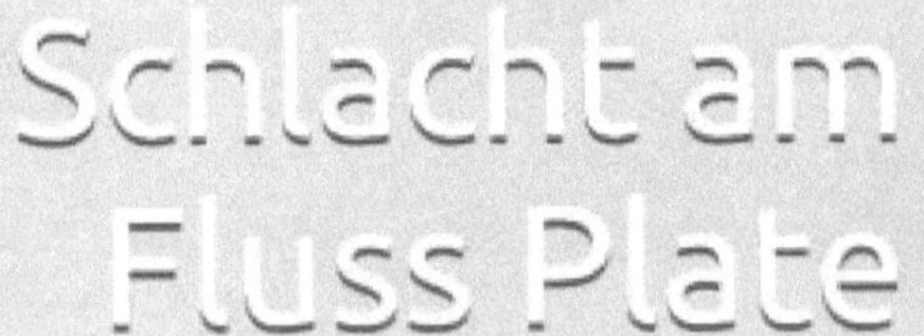

Schlacht am Fluss Plate

Ein Roman aus dem Zweiten Weltkrieg

Richard G. Hole

Schlacht am Fluss Plate
Ein Roman aus dem Zweiten Weltkrieg

Richard G. Hole

Zweiter Weltkrieg

@ Richard G. Hole, 2022
   Titelbild: @Pixabay – WikiImages, 2022
   Alle Rechte vorbehalten.
   Die vollständige oder teilweise Reproduktion des Werks ist ohne die ausdrückliche Genehmigung des Urheberrechtsinhabers untersagt.

ZUSAMMENFASSUNG

Bei Ausbruch des Zweiten Weltkriegs war Englands Marineüberlegenheit offensichtlich. Die Beschränkungen, die Deutschland durch den Versailler Vertrag auferlegt wurden, verhinderten die Schaffung einer Flotte, die in der Lage war, den Engländern mit Erfolgsaussichten entgegenzutreten. Und obwohl Deutschland durch das zwischen den beiden Mächten 1935 geschlossene Flottenabkommen dem Bau von Gefechtsverbänden einen großen Schub gab, hielt Großbritannien bei Kriegsausbruch am 1. September 1939 weiterhin die Macht auf allen Meeren .

Die «Admiral Graf Spee» war ein Taschenschlachtschiff, das von Deutschland innerhalb der engen Spielräume gebaut wurde, die den Siegern des Ersten Weltkriegs gewährt worden waren. Seine Leistung war der der meisten Linienschiffe anderer Nationen unterlegen, aber sein Bau war mit der erforderlichen Sorgfalt und Aufmerksamkeit durchgeführt worden, damit seine Qualität die verringerte Tonnage und das kleinere Kaliber so weit wie möglich kompensierte. ihrer Kanonen im Vergleich zu anderen Schlachtschiffen ...

Schlacht am Fluss Plate ist eine Geschichte, die zur World War II Collection gehört, einer Reihe von Kriegsromanen, die im Zweiten Weltkrieg spielen.

SCHLACHT AM FLUSS PLATE

VORWORT

Bei Ausbruch des Zweiten Weltkriegs war Englands Marineüberlegenheit offenkundig. Die Beschränkungen, die Deutschland durch den Versailler Vertrag auferlegt wurden, verhinderten die Schaffung einer Flotte, die in der Lage war, den Engländern mit Erfolgsaussichten entgegenzutreten. Und obwohl Deutschland durch das zwischen den beiden Mächten 1935 geschlossene Flottenabkommen dem Bau von Gefechtsverbänden einen großen Schub gab, hielt Großbritannien bei Kriegsausbruch am 1. September 1939 weiterhin die Macht auf allen Meeren .

Deutschland, im vorangegangenen Konflikt belehrt, bereitete sich darauf vor, die englische Seemacht mit U-Boot-Waffen zu bekämpfen, was im Begriff war, einen schrecklichen Zusammenbruch des alliierten Verkehrs und der Korsarenschiffe herbeizuführen, die England offenbar zum größten Teil schwere Schläge versetzten ; sie beschuldigte sie.

Korsaren hat es zu allen Zeiten gegeben, und es gibt keine Nation, die sie nicht schon einmal eingesetzt hat. Sie wurden im Allgemeinen von Ländern eingesetzt, die zu einem bestimmten Zeitpunkt keine Seeherrschaft hatten, oder deren Trupps denen ihrer Feinde an Zahl und Macht offensichtlich unterlegen waren. Ihr Zweck ist es, in exzentrischen Gebieten zu operieren, die von gegnerischen Flotten dominiert werden, und isolierte Schiffe oder Gruppen von ihnen ohne ausreichenden Schutz zu jagen. Ihre Hauptwaffen sind Überraschung, List, Tarnung und Schnelligkeit, und ihre Taktiken wechseln ständig Orte und Situationen, um nicht geortet und verfolgt zu werden.

Deutschland setzte in den beiden Weltkriegen Korsaren ein und setzte zu diesem Zweck undeutlich bewaffnete Kriegsschiffe oder einfache Kaufleute ein. Unter den ersten sind die Taschenschlachtschiffe «Lutzow» und «Admiral Scheer» zu erwähnen. Die Lützow machte mehrere Fahrten, versenkte Dutzende von Handelsschiffen und konnte schließlich nach Deutschland zurückkehren. Die zweite operierte 1940 im Nord- und Südatlantik und kehrte ebenfalls zurück, nachdem sie einen britischen Hilfskreuzer und 152.000 Handelstonnen versenkt hatte, von denen 86.000 einem vollständig vernichteten Konvoi entsprachen. Aber dasjenige, das die Aufmerksamkeit der Welt am meisten auf sich zog, war zweifellos das Taschenschlachtschiff, Zwilling der anderen beiden, "Admiral Graf Spee", das, nachdem viele alliierte Kriegseinheiten mehrere Monate lang ununterbrochen gekentert waren,

KAPITEL I
DIE ABFAHRT

Der Militärhafen Wilhelmshaven, ein wichtiger deutscher Marinestützpunkt, erlebte sehr hektische Tage. In seinen Gewässern lagen mehrere Kriegsschiffe verschiedener Typen und Tonnagen vor Anker, und in ihnen, in den verschiedenen Docks und Lagerhäusern der Basis sowie in den Diensten derselben konnte eine ungewöhnliche Aktivität geschätzt werden. Unter all den Schiffen war aufgrund des Interesses, das ihm entgegengebracht wurde, die Tatsache sehr auffällig, dass jeder Techniker es sofort als eines der drei Taschenschlachtschiffe erkannt hätte, die die Marine des Dritten Reiches damals hatte; speziell die "Admiral Graf Spee".

Offensichtlich wurde das Schiff versorgt, ausgerüstet und hergerichtet, damit es in Kürze in See stechen konnte, und das Kreischen der Ladekräne mischte sich in das der ständig in Bewegung befindlichen Hafenwagen und den Kommandostimmen der Offiziere.

Es war der 23. August 1939, und es war fast eine Woche her, seit das Schlachtschiff von seiner gesamten Besatzung und einem großen Teil des Personals der Basis sorgfältig gepflegt worden war. Aber bei Einbruch der Dunkelheit desselben Tages war die Arbeit beendet, die Besatzung der Graf Spee kam an Bord, die Landmänner stiegen zu den Docks hinab und das Schiff war bereit, den Anker zu lichten, sobald es draußen war. organisiert.

Eine Stunde später jedoch, als die Sonne unter den Horizont zu sinken begann, gingen zwei Männer an Land und verließen die Basis, nachdem sie die Hafenpromenade überquert hatten. Sie stiegen in einen kleinen Mercedes, der an den Außenmauern geparkt war und prompt losfuhr. Nachdem das Auto mehrere Straßen der Stadt überquert hatte, näherte es sich einer breiten Straße, die von hohen und korpulenten Bäumen gesäumt war, durch die das erste Licht der

Dämmerung drang. Beide Männer schwiegen, einer konzentrierte sich darauf, das Auto zu fahren, und der andere war in Gedanken versunken.

„Hast du eine Zigarette, Helmut? ", fragte der Fahrer.

Derjenige namens Helmut holte aus einer Innentasche ein schickes Zigarettenetui, das er nach dem Öffnen seinem Begleiter reichte. Dann nahm auch er eine Zigarette und nahm einen tiefen Zug.

„Ich denke, du hast recht", sagte er schließlich. Es ist sehr seltsam. Noch nie in meinen Jahren bei der Marine habe ich ein Schiff gesehen, das in einem solchen Umfang und mit einer solchen Fülle von Details ausgestattet ist. So viele Haubitzen und Torpedos haben wir noch nicht einmal bei Manövern mitgeführt, und wenn wir hinzufügen, dass niemand außer Langsdorff weiß, wohin wir fahren, so beginne ich zu ahnen, dass in all dem eine Katze steckt, eine Katze mit feinen Zähnen und stählerne Nägel.

„Helmut", sagte der andere. Seit vielen Monaten atmet man in Europa eine verdünnte Atmosphäre. Aufgrund dieser und anderer Faktoren würde es mich nicht überraschen, wenn bald ...

"Was?

„Nichts, lassen wir das.

Helmut lehnte sich in seinem Sitz zurück, schob seine Mütze so weit wie möglich nach hinten und rief:

„Ich schließe für Sie ab ... in Kürze wird die „Graf Spee" im Atlantik auf die Jagd gehen.

Sein Begleiter sah ihn einen Moment aus den Augenwinkeln an und konzentrierte sich sofort wieder auf die Manöver des Autos, das mit beachtlicher Geschwindigkeit Kilometer für Kilometer verschlang.

Minuten später verließ der "Mercedes" die Autobahn, um einen schmalen Pfad zu nehmen, der sich durch einen kleinen Wald schlängelte und neben einem prächtigen Herrenhaus anhielt, an dessen Wänden eine große Anzahl von Efeu und Weinreben rankte.

"Ich möchte, dass Sie mir einen Gefallen tun", sagte derjenige, der hinter dem Steuer saß, bevor er das Auto verließ.

"Sagen Sie, Karl", sagte Helmut seinerseits.

„Ich würde es begrüßen, wenn Sie in Natys Gegenwart kein einziges Wort darüber sagen würden, was Sie denken. Sie glaubt, dass unser Marsch einer von vielen ist, etwas länger vielleicht, aber nicht wichtig. Ich wünschte, sie würde weiterhin daran glauben.

„Keine Sorge, ich werde nichts sagen.

Karl drückte auf die Türklingel, und sofort ging die Tür auf, durch die sie beide eintraten.

„Guten Tag, Frau Müller", grüßte Karl. „Helmut und ich sind gekommen, um uns von dir zu verabschieden. Wir reisen heute Abend ab.

"Schon wieder?", fragte Frau Müller erstaunt. „Aber es ist noch keine fünfzehn Tage her, seit du angekommen bist. Man sieht, dass Seeleute ihr Leben auf dem Wasser verbringen müssen. Was für ein Beruf, mein Gott! Harold hat dasselbe getan; er war heute zu Hause und plötzlich er links, um unerwartet wieder aufzutauchen. Endlich ins Zimmer gehen. Ich rufe gleich Naty an.

Karl und Helmut sahen Natys Mutter verschwinden und wenig später in Begleitung ihrer Tochter wieder auftauchen, einem etwa achtzehnjährigen Mädchen, auffallend dunkel, mit tiefschwarzem Haar und ebenso schwarzen, glänzenden Augen. Ihre Größe war überdurchschnittlich und ihr Körper war im Allgemeinen nicht weit davon entfernt, perfekt zu sein.

Beide Männer standen auf, und Helmut verzog den Mund, als wünsche er sich, dass seine Worte nur von seinem Freund aufgenommen würden, und sagte:

„Ich gratuliere Ihnen ganz herzlich. Naty wird jeden Tag schöner. Sie ist eine wahre Schönheit.

Karl gab seinem Freund einen „liebevollen" Stupser, zwang ihn, eindringlich seine Magengrube zu spüren, und ging auf die beiden Frauen zu.

Naty blieb still, schweigend, den Blick auf Karl gerichtet, der, sobald er an ihrer Seite war, ihre Hände in seine nahm.

„Naty, wir stechen in ein paar Stunden in See. Die Ereignisse sind vorangeschritten und Helmut und ich haben unsere Hürden genommen, um kommen und Sie verabschieden zu können.

Das Mädchen schwieg immer noch.

„Jedenfalls", fuhr er fort, „hoffe ich, in ein paar Wochen zurück zu sein. Ich weiß, dass du dich nie daran gewöhnen wirst, aber trotz meines Willens ist es nicht möglich, etwas anderes zu tun. Du weißt, es tut mir genauso leid wie dir oder vielleicht noch mehr.

„Wo gehst du hin?", fragte Naty schließlich.

Karl räusperte sich unwillkürlich und sagte, sich über die Lippen leckend:

„Wir wissen es noch nicht genau, aber anscheinend führen wir Manöver im Nordatlantik vor der Küste Norwegens durch.

„Nein, Karl hat sie „verleugnet"; Du wirst nie ein guter Lügner sein. Ich weiß nicht warum, aber irgendetwas sagt mir, dass dieses Mal nicht so ist wie die vorherigen, dass es lange dauern wird, bis ich dich wiedersehen kann.

"Um Gottes willen, Naty", protestierte er; Du redest, als würde mir etwas Schlimmes passieren. Ausstiegsmanöver bergen keine Gefahr...

Helmut, der bis dahin nur Zuschauer geblieben war, unterbrach seinen Freund mit einem gezwungenen Lachen, das das Mädchen erschaudern ließ.

„Glaubst du, wir ziehen in den Krieg? fragte er, als das Lachen auf seinen Lippen erstarb.

Natys Augen, starr und tief, zwangen ihn, wegzusehen.

„So viel habe ich nicht gesagt, Helmut", versicherte sie abwägend.

Karl wollte, dass die Erde seinen rücksichtslosen Freund verschlingt. Offensichtlich hatte er eine neue Idee in ihrem Kopf geweckt.

„Hey, Helmut", sagte er. Warum bitten Sie Frau Müller nicht, Ihnen ihr prächtiges Gewächshaus zu Ende zu zeigen?

„Ich denke, es wird das Beste sein", sagte sein Freund, kratzte sich mit dem Zeigefinger seiner rechten Hand am Kopf und verschwand in Begleitung von Natys Mutter durch die Tür.

Als Karl und das Mädchen allein waren, richtete sie sich auf ihren Schuhspitzen so hoch sie konnte auf und drückte ihr Gesicht an seines, schlang ihre wohlgeformten Arme um seinen Hals.

„Karl, sag mir die Wahrheit. Wohin gehst du?

Er löste sich aus Natys Umarmung, ging ein paar Schritte auf das Fenster zu und starrte durch das Glas. Helmut achtete aufmerksam auf die Erklärungen, die Frau Müller ihm über die Pflanzen gab. Der Ausdruck heiliger Resignation seines Freundes brachte ihn zum Lächeln.

„Ich kann es dir nicht sagen, weil ich es nicht weiß. Nur Langsdorff weiß es", sagte er, ohne sich umzudrehen. „Ich habe mir aber den Vorschlag gemacht, Ihnen zu verheimlichen, was ich glaube, was wir alle glauben; aber jetzt wissen Sie besser, ich sehe, Sie ahnen etwas.

„Natürlich vermute ich! "sie versicherte". Außerdem weiß ich. Seit einigen Tagen beobachte ich dich und Helmut, ich habe viele deiner Worte eingefangen, von denen du dachtest, sie hätten keine Bedeutung für mich...

„Gut", mischte sich Karl ein. Die allgemeine Meinung ist, dass der Krieg bald ausbrechen wird und dass die Graf Spee jetzt in See sticht, um dann im Einsatz zu sein. Wir können uns irren, aber ich wäre sehr überrascht.

Eine große Stille legte sich nach Karls Worten. Nur das Geräusch einer Uhr am Kamin störte die Stille der Umgebung.

„Krieg!", rief Naty aus und ließ sich langsam auf einen Stuhl fallen. Ihre Wangen waren intensiv blass und ihre Augen verloren sich an einem Punkt, an dem ich Unendlichkeit las.

„Ja, der Krieg", bestätigte er. Es ist eine Annahme, aber begründet. Seit einigen Tagen bereiten wir das Schiff für eine lange Reise vor. Die Sanitätsdienste haben alle Männer der Besatzung einzeln überprüft und viele wegen vorübergehender Unwohlsein entlassen, die unter anderen Umständen nicht berücksichtigt worden wären. Wir haben eine große Anzahl von Granaten und Granaten aller Art verschifft, darunter mehrere Dutzend Torpedos. Die Laderäume sind voll mit Mehl und Proviant aller Art und die Tanks randvoll mit Wasser, und als ob das nicht genug wäre, war Langsdorff gestern für mehrere Stunden in seiner Kammer eingesperrt und unterhielt sich mit drei hochrangigen Kommandanten der Flotte . All dies hat nur eine Erklärung. Alles wurde für einen bestimmten Zweck und für einen bestimmten und schwerwiegenden Grund arrangiert: Krieg.

„Ich werde zu Gott beten, dass du dich irrst, Karl", sagte Naty mit kaum wahrnehmbarer Stimme.

„Mach es, ja. Nur Er kann verhindern, was die Menschen nicht verhindern wollen.

Das Mädchen stand auf und ging zu Karl hinüber und flüchtete sich in seine Arme, als wolle es sich vor einer unsichtbaren Gefahr schützen.

„Ich habe Angst", sagte sie. Eine schreckliche Angst. Die Vorstellung, dich für immer zu verlieren, macht mich unerträglich. Ich liebe dich so sehr, Karl, dass es mir nicht möglich wäre, weiterzuleben, wenn dir etwas Schlimmes passieren würde.

„Du solltest dir nicht so viele Sorgen machen, Naty. Selbst wenn das passieren würde, was wir alle befürchten, müsste mir nichts Ernstes passieren. Da ich weiß, dass Sie auf mich warten, werde ich zurückkehren; Ich weiß nicht wie oder wann oder auf welche Weise, aber ich komme wieder, versprochen.

„Danke, Karl, dass du mich ermutigt hast. Frauen sind so dumm!

Sie hob ihre Augen zu seinen und ihre Lippen pressten sich fest zusammen. Sekunden später zog sich Karl abrupt zurück und sah auf ihre Uhr.

„Wir müssen gehen, Naty.

"Schon?

„Ja. Langsdorff hat uns zwei Stunden gegeben, und es ist fast vorbei. Übrigens hat er mich beauftragt, Sie und Ihre Mutter in seinem Namen zu begrüßen. Er ist ein großer Mann, und als Matrose gibt es nur wenige, die ihn übertreffen. Er hat ein ungewöhnliches Selbstbewusstsein, ich bin zufrieden, unter seinem Kommando zu stehen.

In diesem Augenblick kamen Frau Müller und Helmut aus dem Garten zurück. Natys Mutter konnte ihre Genugtuung nicht verbergen, jemandem ihre umfangreiche Sammlung von Pflanzen und Blumen zeigen zu können, die sich in langen pseudowissenschaftlichen Erklärungen ausbreitete. Karl kam es vor, als sei sein Freund völlig erschöpft und krank.

Beide Frauen begleiteten die beiden Männer zum Auto. Naty, ihre Augen füllten sich mit Tränen, umarmte Karl zum letzten Mal.

„Das kann ich nie vergessen, Karl", sagte sie schluchzend. Ich konnte nicht widerstehen, es in dir zu wiederholen.

Karl, der eine intensive Blässe zeigte, zwang sich fast von dem Mädchen weg, und nachdem er geduldig den letzten Empfehlungen von Frau Müller zugehört hatte, öffnete er die Autotür und setzte sich hinter das Steuer. Sofort fuhr der „Mercedes" los, während Naty zum Abschied schwach mit der Hand winkte.

„Vergiss nicht, dass du versprochen hast, wiederzukommen", rief sie, als das Auto schon fünfzig Meter von ihr entfernt war.

»Ich werde es nicht vergessen«, versicherte Karl und streckte den Kopf aus dem Fenster. Obwohl es besser wäre, dich nie wiederzusehen", schloss er zwischen seinen Zähnen murmelnd.

Naty war schon weit weg und sie konnte seine letzten Worte nicht hören, aber Helmut hörte sie, und Überraschung, Unglaube und Verblüffung mischten sich in seinen Augen.

KAPITEL II
EIN „POCKET BATTLESHIP"

„Was hast du gesagt?", fragte er.

"Nein, nichts.

„Wenn ich mich nicht verhört habe, hast du gerade gesagt, dass du lieber nie wieder zurückkehren würdest. Darf ich wissen, warum?

„Sie haben das falsch verstanden.

„Nein, das habe ich nicht falsch verstanden", versicherte Helmut.

„Wechseln Sie bitte das Thema.

„Karl, dir passiert etwas Seltsames, und versuche nicht, es mir abzustreiten. Das merke ich schon lange, und dein Verhalten ist oft unlogisch. Du hast die hübscheste Freundin weit und breit und sie ist klüger als die meisten Frauen obendrein, und es kommt vor, dass du in ihrer Gesellschaft eher nachdenklich, kalt und launisch bist. Willst du mir sagen, was mit dir los ist? Willst du sie nicht? Wenn ja, verlasse sie; aber dann sage ich dir, dass du ein Vollidiot bist.

„Ich liebe sie von ganzem Herzen", versicherte Karl, sodass sein Freund nicht an seinen Worten zweifeln konnte.

„Also, was ist los mit dir?

Karl antwortete nicht. Helmut lehnte sich in seinem Sitz zurück und hielt es nicht für klug, weiter darauf zu bestehen, kam jedoch zu dem Schluss, dass es schwieriger war, seinen Freund zu verstehen, als die Quadratur des Kreises.

Eine halbe Stunde später hielt der Wagen vor dem Haupteingang der Basis, und die beiden Männer stiegen an Bord des Schlachtschiffs.

In den frühen Morgenstunden, zwischen Kettenkreischen und Sirenengeheul, wurden die Verankerungen des Schiffes gelöst, das langsam nach Backbord drehte, sich der Hafenmündung näherte und kurz darauf im Nebel verschwand.

Das erste Morgengrauen überraschte das Schlachtschiff, das bereits aus deutschen Hoheitsgewässern in Richtung Atlantik segelte.

Die «Admiral Graf Spee» war, wie bereits gesagt, ein Taschenschlachtschiff, das zusammen mit der «Lutzow» und der «Admiral Scheer» von Deutschland innerhalb der von den Siegern eingeräumten engen Grenzen gebaut wurde. aus dem vorigen weltkrieg. Seine Leistung war der der meisten Linienschiffe anderer Nationen unterlegen, aber sein Bau war mit der notwendigen Sorgfalt und Sorgfalt ausgeführt worden, damit seine Qualität die verringerte Tonnage und das kleinere Kaliber so weit wie möglich kompensierte. ihrer Geschütze im Vergleich zu anderen Schlachtschiffen. Sie verdrängte etwas mehr als zehntausend Tonnen und war mit vier 280-Millimeter-Kanonen bewaffnet, die auf drei Türme verteilt waren, einen vorne und zwei hinten. Sie hatte auch vier 150-Millimeter-Kanonen, acht 533-Millimeter-Torpedorohre, verschiedene Flugabwehr-Maschinengewehre und vier Wasserbombenwerfer. Ihre Geschwindigkeit betrug weniger als fünfundzwanzig Knoten, also war sie in diesem Punkt den Schlachtkreuzern deutlich unterlegen, von denen viele größer und besser bewaffnet waren. Ihre Besatzung bestand aus tausend Mann, einschließlich aller Dienste, und dreißig Offizieren, den Kapitän und den zweiten Kommandanten nicht mitgezählt.

Sein Kommando war vom Generalstab der Flotte Kapitän Hans Langsdorff anvertraut worden, einem hervorragenden Matrosen aus einer Familie, die eng mit der See und dem Geschwader verbunden war, und er hatte bereits als einfacher Kadett am Ersten Weltkrieg teilgenommen nicht wenige Kämpfe gegen die Engländer. Langsdorff war der richtige Mann, um die „Graf Spee" zu kommandieren und in der ihr übertragenen schwierigen Mission über den Ozean zu führen.

Unter den Offizieren waren die Leutnants Karl Weber und Helmut Berling. Der erste von ihnen war siebenundzwanzig geworden und seit fünf Jahren im aktiven Dienst bei der Marine, natürlich ohne die Studien- und Praxisjahre an der Akademie, die er im Rang eines

Leutnants verließ. Sein erstes Ziel war der Kreuzer «Staal», von dem er einige Zeit später beim Aufsteigen auf das Linienschiff «Admiral Graf Spee» überführt wurde.

Er hatte keine Familie. Seine Eltern starben, als er noch sehr jung war, und er hatte keine Erinnerung an sie. Ein Foto seiner Mutter, von der er sich nie trennte, und eine alte Uhr seines Vaters bildeten die Summe der Güter, die ihm von seinen Vorgängern hinterlassen wurden. Er wurde von einer Tante aufgenommen, in deren Gesellschaft er den größten Teil seines Lebens verbrachte, sich mit der Zuneigung und Fürsorge einer wahren Mutter um ihn kümmerte und über seine ersten Schritte im Leben wachte. Als Karl viele Jahre später, schon auf der Akademie, vom Tod der guten Frau erfuhr, weinte er um sie, als wäre sie das Wesen gewesen, das ihm ihr Leben geschenkt hätte.

Helmut Berling war der älteste Sohn wohlhabender Münchner Industrieller, Fabrikanten von Kunstseide, die ihren Sohn nicht davon abbringen konnten, Seemann zu werden. Er sagte, die Atmosphäre der Fabrik ersticke ihn und er brauche die Meeresbrise, um angenehm atmen zu können. Das Familiengewerbe konnte vorerst perfekt von seinem Vater und später von seinen Brüdern betrieben werden, denen er gnädigerweise den Teil abtrat, der ihm in seiner Zeit entsprechen könnte. Seine Eltern stimmten seinem Wunsch zu, überzeugt davon, dass der Realitätsschock ihn von seinen Vorhaben abbringen würde. Aber Helmut war nun schon seit vielen Jahren bei der Marine, ohne das geringste Anzeichen von Reue oder Müdigkeit zu zeigen.

Die beiden Jungen hatten sich zwei Jahre, bevor die Admiral Graf Spee zu ihrer letzten Kreuzfahrt angetreten war, kennengelernt, als Helmut auf dem Schlachtschiff stationiert worden war, und sie hatten sich schnell verbrüdert. Langsdorff schätzte sie beide sehr, obwohl er sie gelegentlich hatte tadeln müssen; Helmut für seine übertriebene Vorliebe für Unterhaltung und Karl für seinen überaus seltsamen Charakter, der von der zügellosesten Begeisterung bis zur absolutsten

Niedergeschlagenheit, von der akzentuiertesten Freude bis zur unbegreiflichsten Launenhaftigkeit reichte.

Als das erste Licht der Morgendämmerung am 24. August 1939 am Horizont auftauchte, bahnte sich der Großteil des deutschen Schlachtschiffs seinen Weg ins Meer, wobei die meisten seiner Bediensteten sich nicht bewusst waren, dass sie bald die Protagonisten eines von ihnen sein würden die faszinierendsten Abenteuer deutscher Seefahrer im Atlantik.

KAPITEL III
DIE ERSTE BEUTE

Karl blickte, über das Dollbord gebeugt, fasziniert auf die Silhouette eines Handelsschiffes, der „Altmark", die seit dem Verlassen Wilhelmshavens beharrlich dem Kielwasser der „Graf Spee" folgte. Offensichtlich begleitete sie die «Altmark» mit einem festen Auftrag, den Karl aber nicht finden konnte. Obwohl der Kaufmann bewaffnet war, konnte er im Kampffall wenig oder gar nichts tun. Er war kein Öltanker, dessen Anwesenheit teilweise gerechtfertigt gewesen wäre. Welchen Zweck hätte er?

Am 28. August erreichte das Schlachtschiff einen Punkt, der ungefähr zwischen den Kanarischen Inseln und den Bahamas lag, und näherte sich einem Schiff, das zunächst alle für Japaner hielten, nicht nur wegen besonderer Konstruktionsdetails, sondern auch, weil das Handelsschiff Ussukuma hieß . Doch das allgemeine Erstaunen steigerte sich, als die Besatzung der «Graf Spee» feststellte, dass es sich bei dem Handelsschiff, auf das sie sich schnell näherten, nicht um ein japanisches, sondern um einen getarnten deutschen Tanker handelte, von dem aus das Schlachtschiff tankte und den Marsch sofort fortsetzte.

Von diesem Moment an hatte Karl keine Zweifel mehr an der Mission des deutschen Schiffes. Er war fest davon überzeugt, dass der Krieg bald ausbrechen würde; es war eine Frage von Tagen, vielleicht Wochen, aber er konnte nicht aufhören zu kommen. Kapitän Langsdorff sagte nichts, obwohl er wusste, dass seine Männer das Geheimnis bereits kannten. Er beschränkte sich auf ein Lächeln, wenn die Augen seiner Offiziere fragend auf ihm ruhten.

Die Antwort kam sofort. Als am 1. September nach dem Mittagsmahl fast alle Offiziere im Speisesaal versammelt waren, stürzte ein Mann herein. Karl erkannte ihn sofort als einen der Bestandteile des Telegrafen- und Funkdienstes. Er trug ein Papier in der rechten Hand, und nachdem er Hauptmann Langsdorff begrüßt hatte, überreichte er es ihm. Er entfaltete ihn langsamer, als es Karl lieb war, obwohl er den Inhalt des Berichts kannte, als hätte er ihn schon dutzende Male gelesen. Langsdorff, von seinen Offizieren eingeladen, erhob sich ernst.

„Meine Herren", sagte er, „endlich werden Sie wissen, was Sie sich so oft gefragt haben und was zweifellos die Mehrheit schon angenommen hat. Heute, am 1. September 1939, befindet sich Deutschland im Krieg mit England und Frankreich. Die polnische Grenze an verschiedenen Stellen des Siegeszuges auf Warschau überschritten wurde. Ich möchte, dass Sie Ihre Männer so schnell wie möglich an Deck bringen. Ich habe Ihnen ein paar Worte zu sagen."

Die meisten Offiziere verließen eilig die Kammer, um dem Befehl Folge zu leisten. Der Aufruhr war unbeschreiblich. Karl lächelte.

Minuten später war die gesamte Besatzung des Schlachtschiffs aufgereiht. Langsdorff vom zentralen Brückenkommandoposten wandte sich mit diesen Worten an seine Männer:

"Marinesoldaten! Mir wurde gerade mitgeteilt, dass das Dritte Reich mit England und Frankreich Krieg führt. Von heute an wird unser Land einen harten Kampf gegen seine Feinde beginnen, an dem alle Deutschen nach besten Kräften mitwirken werden. Mächtig sind die Mächte, gegen die wir kämpfen müssen, aber viel größer ist unser Glaube und unsere Siegessicherheit. Aus all diesen Gründen wird die «Admiral Graf Spee» von genau diesem Moment an zu einem Korsarenschiff mit der spezifischen Mission, die größte Anzahl feindlicher Schiffe zu jagen und zu versenken und den Verkehr über den Atlantik zu behindern, der den Interessen Deutschlands zuwiderlaufen könnte. Ich habe keinen Zweifel daran, dass aufgrund der Größe unserer Heimat und aufgrund des Ansehens der deutschen Marine jeder Einzelne von uns sein Bestes geben wird, auch wenn es uns den Einsatz unseres Lebens kosten wird .

Ein ohrenbetäubender Schrei, der im Einklang aus den Kehlen von tausend Männern brach, erhob sich vom Schlachtschiff und breitete sich über die gesamte Meeresoberfläche aus.

Von diesem Moment an musste das Korsarenschiff vorsichtig navigieren, immer wachsam, versteckt in den Wellen des Ozeans, auf der Suche nach seiner Beute. Immer wachsam, immer aufmerksam auf die Linien des Horizonts, wo die Silhouetten ihrer Feinde unerwartet auftauchen konnten, musste die „Graf Spee" durch die Gewässer navigieren, während eine Katze durch den dichten Dschungel huscht und auf das günstige Opfer wartet, das dient als Ziel für ihre Kanonen.

Am 13. September, zwei Wochen nach Beginn der Feindseligkeiten, wurde der deutsche Korsar in einem Gebiet über dem Äquator stationiert und das 200. von Freetown aus gepeilt. Vierzehn Tage lang verfolgte er erfolglos die Passage englischer Schiffe, und am siebenundzwanzigsten steuerte er die amerikanische Küste an und landete in Babia.

Am 30. September, 140 Meilen 125. von Pernambuco entfernt, machte die „Graf Spee" ihren ersten Abschuss. Gegen 14 Uhr des angegebenen Tages segelte das deutsche Schlachtschiff parallel zur brasilianischen Küste, als Rauch mit einer Peilung von 320° gesichtet wurde, was sofort von Überwachungsdiensten gemeldet wurde. Alle Augen richteten sich auf den genannten Ort, und es stellte sich heraus, dass tatsächlich eine Rauchsäule über dem Horizont in 22 Meilen Entfernung in den Himmel aufstieg. Das Schlachtschiff manövrierte und legte den Bug vor das geortete Schiff und steuerte mit voller Geschwindigkeit auf ihn zu. Bald stellte sich heraus, dass es sich um einen englischen Kaufmann handelte, ungefähr fünftausend Tonnen und schwer beladen, wie die Wasserlinie anzeigte. Die Engländer, die sicherlich nicht mit einer so unangenehmen Begegnung gerechnet hatten, erkannten das Kriegsschiff, das auf sie zusegelte, erst, als es zu spät war.

Langsdorff befahl, ihm eine Nachricht zu übermitteln, die ihn aufforderte, anzuhalten und sich gefangen zu übergeben, und kurz darauf lag die "Clement", wie das gekaperte Schiff genannt wurde, völlig bewegungslos auf den Wellen. Sofort erreichten mehrere Schnellboote voller bewaffneter Matrosen und einiger Offiziere, darunter Karl, die Seiten des englischen Schiffes, und seine Insassen kletterten an Bord.

Der Kapitän der „Clement" tanzte an Deck. Die Blässe seines Antlitzes kontrastierte mit seiner intensiv dunkelblauen Uniform. Der Großteil der Besatzung stand hinter ihm, und einige der Männer hatten die Lippen geschürzt und die Hände geballt. In seinen Augen waren die widersprüchlichsten Gefühle leicht zu lesen.

Ein deutscher Leutnant näherte sich dem Kapitän des Kaufmanns, winkte ihm mit der Hand auf seiner Mütze zu und teilte ihm mit, dass er und seine Männer von diesem Moment an deutsche Gefangene seien und sich darauf vorbereiten müssten, sofort in die „Altmark" verlegt zu werden eine solche.

Die Motorboote stachen erneut doppelt beladen in See und die "Clement" war dem deutschen Schlachtschiff ausgeliefert.

Karl blieb mit einigen Matrosen an Bord, um die Ladung zu inspizieren und die Schiffspapiere zu beschlagnahmen. Die erste bestand aus einer großen Menge Fleisch, möglicherweise aus Argentinien, und mehreren Tonnen Rohgummi, die die Clement in einem brasilianischen Hafen geladen haben musste. In der Kapitänskajüte fand Karl die gesuchten Unterlagen und das Schiffstagebuch sowie andere Dinge, die er ebenfalls mitnehmen ließ, falls sie für Langsdorff von Nutzen sein könnten. Sie verließen schließlich das Schiff und kehrten zur Graf Spee zurück.

Das englische Schiff schaukelte sanft in den Wellen, umriss seine Silhouette am Horizont und wartete auf die Ankunft des Torpedos, der es für immer im Ozean begraben würde. Eine weiße Spur verließ das deutsche Schlachtschiff in Richtung "Clement". Eine schreckliche Explosion, die sich über die gesamte Meeresoberfläche ausbreitete, erschütterte die erste Beute des Korsaren, der sich tödlich verwundet langsam nach Backbord neigte, um fünfzehn Minuten später unter Wasser zu verschwinden.

Der englische Kapitän hatte Zeit gehabt zu melden, dass er in die Fänge eines deutschen Korsaren-Schlachtschiffs geriet, und so hielt Langsdorff es für ratsam, die Szene sofort zu wechseln. Am selben Tag segelte er in Richtung Ostatlantik und landete in Loanda (Angola).

KAPITEL IV
IN VOLLER JAGD

Der Untergang der «Clement» signalisierte dem Generalstab der englischen Flotte die Anwesenheit eines deutschen Korsaren in den Gewässern des Südatlantiks. Da die meisten Kampfeinheiten, die England in diesem Gebiet besaß, leichte Kreuzer waren, für die das Taschenschlachtschiff eine ernsthafte Gefahr darstellte, wurde sofort eine angemessene Streitmacht bereitgestellt, die, schnell in See stechend, den Korsaren jagen konnte. bevor es den Handelsverkehr der Alliierten noch mehr verwüstete.

Am 2. Oktober 1939 verließ die sogenannte "K"-Truppe unter dem Kommando von Vizeadmiral Wells "Scapa Flow". Diese «K»-Truppe bestand aus folgenden Einheiten: dem 32.000 Tonnen schweren Schlachtkreuzer «Renown» mit sechs 381-Millimeter-Kanonen und zwölf 102-Millimeter-Kanonen. Darüber hinaus verfügte sie über reichlich Flugabwehrartillerie, vier Kampfflugzeuge und entwickelte eine Geschwindigkeit von achtundzwanzigeinhalb Knoten. Der Flugzeugträger „Ark Royal", der modernste der britischen Flotte, verdrängt 22.000 Tonnen und ist mit sechzehn 114-Millimeter-Kanonen und mehreren Flugabwehrgeschützen bewaffnet. Ihre Geschwindigkeit betrug bis zu dreißigeinhalb Knoten, und ihre sechzig Swordfish- und Skua-Flugzeuge waren eine mächtige Kraft. Vier Zerstörer-Eskorten vervollständigten die Formation.

Die Gruppierung war perfekt durchdacht. Renown war wesentlich mächtiger als Admiral Graf Spee und wesentlich schneller als sie und konnte das Taschenschlachtschiff relativ leicht überwältigen, sobald es in Reichweite ihrer Geschütze gebracht wurde. Die Flugzeuge der mächtigen «Ark Royal» sollten den Atlantik überfliegen, bis sie den Korsaren orten und dann die «Renown» zu ihm führen.

Die Force „K" traf am 12. Oktober in Freetown ein, als sich die „Graf Spee" in Ascension befand, und nachdem sie das nötige getankt hatte, stach sie wieder in Richtung St. Helena in See. Fast einen Monat lang erkundete die britische Gruppe ein weites Gebiet, begrenzt durch den Breitengrad von St. Helena, die Küste Liberias und den 0. und 20. Längengrad. Die Flugzeuge des Flugzeugträgers gönnten sich keine Ruhepause. Täglich wurden zwei Erkundungen durchgeführt, eine im Morgengrauen, die nach vier Flugstunden um zehn Uhr endete, und eine weitere, die um vierzehn Uhr begann und bei Einbruch der Dunkelheit endete. Aber es war alles nutzlos; der deutsche Seeräuber erschien nicht.

Das einzige positive Ergebnis, das die «K»-Truppe in dieser Zeit erzielte, war die Eroberung eines deutschen Handelsschiffs. Am 4. November signalisierte ein «Schwertfisch» die Anwesenheit eines deutschen Schiffes, das auf die Mitte des Atlantiks zusteuerte. Es war der Dampfer "Uhenfels", der eine reiche Ladung von Häuten, Nüssen, Kokosnusskernen und Opium im Wert von zweihundertfünfzigtausend Pfund Sterling nach Deutschland brachte. Sie wurde festgenommen und zu einem englischen Stützpunkt gebracht.

Während all dies geschah, hatte die „Graf Spee" ihre Raubzüge mit einzigartigem Erfolg fortgesetzt.

Nachdem er die «Clement» versenkt hatte und auf der Flucht vor einer möglichen Falle nach Angola segelte, sichtete er am 5. Oktober ein weiteres englisches Handelsschiff, die «Newton Beech» mit einem Gewicht von 4650 Tonnen, und wie das bereits gesunkene, stark beladen. Der Nachmittag neigte sich langsam dem Ende zu und die ersten Schatten der Dämmerung färbten den Ozean schwarz. Sobald der englische Dampfer die deutsche Korsarin identifiziert hatte, drehte sie nach Backbord und versuchte, mit voller Geschwindigkeit davonzukommen und sich in der Nacht zu verirren. Langsdorff erkannte sofort die Absichten des Kaufmanns und befahl, die

Maschinen zu zwingen, ihn einzuholen, bevor es vollständig dunkel wurde. Es wäre für die „Graf Spee" ein Leichtes gewesen, die „Newton Beech" mit ihren 280-Pfündern zu versenken, aber Langsdorff wollte es nicht, zum einen, weil er so viele Granaten wie möglich sparen wollte, da sein Aufenthalt im Atlantik sehr lang werden würde und er sie in letzter Minute brauchen könnte, und zweitens weil es den Tod der gesamten Besatzung des englischen Schiffes bedeutet hätte, was er vermeiden wollte. Ungeachtet dessen war er sich sicher, dass das Schiff in ihrer Gewalt landen würde und es keinen Grund gab, Dinge zu erzwingen.

Die Newton Beech segelte mit beachtlicher Geschwindigkeit, und obwohl die Entfernung zwischen ihm und dem Korsaren von Minute zu Minute kleiner wurde, waren es noch ein Dutzend Meilen, als die Nacht hereinbrach. Zum Glück war Vollmond, was die Verfolgung des immer näher kommenden englischen Schiffes sehr erleichterte. Um drei Uhr morgens warnte Langsdorff den Kapitän des Handelsschiffs, dass er ohne weitere Warnung vom Schlachtschiff versenkt würde, wenn er nicht innerhalb von fünfzehn Minuten anhalten würde. Die Drohung zeigte Wirkung, und Augenblicke später kamen die deutschen Matrosen an Bord und besetzten das Schiff vollständig. Im Morgengrauen wurde die englische Besatzung auf die «Altmark» verlegt, und nach Einschiffung auf die «Newton Beech», eine Beutemannschaft, wurden sie von dieser begleitet und landeten in Port Gentil (Französisch-Äquatorialafrika).

Zwei Tage später erbeutete er die 4.220 Tonnen schwere Ashlea, beladen mit wertvollen Häuten und getrocknetem Fisch, die, torpediert, sank, nachdem sie die gesamte Besatzung bewegt hatte. Die «Ashlea» war das dritte Schiff, das von den deutschen Korsaren erobert und das zweite auf den Meeresgrund geschickt wurde.

Die „Graf Spee" lag fortan zwischen Französisch-Äquatorialafrika und Sierra Leone, einem fruchtbaren und geeigneten Jagdgebiet, und da die „Newton Beech" im Moment keinen Einsatz meldete, versenkte das Schiff sie. 9. Oktober neben einem kleinen Korallenriff.

Als er am nächsten Tag vierhundert Meilen westlich von Ascension Island segelte, tauchte plötzlich ein großes englisches Handelsschiff, die 8.196 Tonnen schwere Huntsman, vor seinen Augen auf. Verbeuge dich vor Ascension Island. Langsdorff war nicht daran interessiert, diesem Punkt zu nahe zu kommen, da er befürchtete, dass sich feindliche Kriegsschiffe in der Nähe befinden könnten. also rief er Karl an, den Chef eines der Acht-Zoll-Türme.

„Oberleutnant Weber", sagte er zu ihm. Stoppen Sie mich sofort zu diesem Schiff. Halten Sie ihn davon ab, weitere zehn Meilen zu segeln.

Kurz nach zwei Salven der „Graf Spee" teilte sich das Handelsschiff, das sofort anhielt und sich dem deutschen Schlachtschiff ergab. Langsdorff sorgte dafür, dass eine Prisenmannschaft eingeschifft und mit ihm segelte.

Der Kommandant des deutschen Korsaren war sich damals absolut sicher, dass die Engländer von seiner Anwesenheit im Atlantik wussten und dass bereits mehrere Kriegsschiffe auf der Suche nach ihm über das Meer fuhren. Also beschloss er, die Szene wieder zu wechseln. Bis zum 22. Oktober segelte er im Zickzack zwei Tage nach Südwesten, zwei Tage nach Süden und drei Tage nach Nordwesten.

Am siebzehnten versenkte er die Huntsman, die seit etwas mehr als einer Woche in seiner Gesellschaft unterwegs war. Das Handelsschiff, das von zwei Torpedos getroffen wurde, einem in der Mitte und einem am Heck, die schreckliche Wasserwege öffneten, zitterte zwischen schrecklichen Krämpfen und begann langsam in einem Meer aus Schaum und großen Wirbeln zu sinken. Wenige Minuten später war sie von der Oberfläche verschwunden und vor den Augen der deutschen Matrosen, die sie in ihrem Todeskampf begleiteten.

Die «Graf Spee» fuhr dann nach Osten und jagte am zweiundzwanzigsten Tag ein neues Handelsschiff, die «Trevanion» von 5.299 Tonnen, das torpediert und mitsamt seiner reichen Holzladung versenkt wurde.

Zwei Tage später rief Langsdorff seine Offiziere zusammen. Im Versammlungsraum saß der Kapitän des Schlachtschiffs, rechts von ihm der stellvertretende Kommandant des Schiffes. Der Rest der Offiziere besetzte die Stühle zu beiden Seiten eines langen Tisches, einige blieben aus Platzgründen stehen. Karl unterhielt sich mit Helmut und Leutnant Stolff, wie es die übrigen Offiziere in Gruppen taten, und wartete auf die letzten Nachzügler. Sekunden später wurde die Kammertür geschlossen, und Langsdorff erhob sich von seinem Platz und ging zu einer Karte, die an einer der Wände hing.

Wenn wir einen von ihnen auf unserem Weg finden, wäre unsere Situation äußerst schwierig. Die „Graf Spee" kann mit den meisten englischen Kreuzern nicht mithalten, da sie in Leistung oder Geschwindigkeit überlegen sind. In jedem Fall würde unsere Jagd sofort beginnen, und bald würden wir einen großen Trupp hinter uns haben. Unsere Taktik kann nicht anders sein als die, die wir bisher verfolgt haben, nämlich in einem bestimmten Gebiet einen schnellen Schlag zu versetzen, um sofort daraus zu verschwinden und in einem möglichst entfernten anderen wieder aufzutauchen. Nur so vermeiden wir es, aus nächster Nähe geortet und verfolgt zu werden. Meine Absicht ist es, den Indischen Ozean anzusteuern und den Atlantik vorerst zu verlassen; Wenn sie nach uns suchen, woran ich, wie gesagt, keinen Zweifel habe, wird es genau in diesem Ozean sein. Wir werden versuchen, ein oder mehrere Schiffe im Indischen Ozean zu versenken, das wird die Engländer dazu bringen, in dieses Meer zu gehen,

Mit langem Zeigestock hatte Langsdorff auf der Karte die Reiseroute gezeigt, der er folgen wollte. Die Blicke der Offiziere hatten ihn interessiert verfolgt.

KAPITEL V
EIN GLAS SHERRY

„Es gibt noch einen weiteren Punkt von großer Bedeutung", fuhr der Kapitän fort. Ich muss die Zahl und Bedeutung der Kräfte kennen, die uns suchen. Unsere zukünftigen Bewegungen hängen weitgehend davon ab. Dieser Punkt wurde vor dem Verlassen Deutschlands geplant. Unsere Informationen mussten uns von einer Kette von Agenten geliefert werden, die an verschiedenen Stellen der afrikanischen und amerikanischen Küste den speziellen Auftrag hatten, die Bewegungen der feindlichen Einheiten zu ermitteln und uns über Funk darüber Bericht zu erstatten. Ich hatte hauptsächlich erwartet, aus Freetown und Kapstadt zu hören, aber anscheinend ist etwas Ungewöhnliches passiert. Und da es für uns von entscheidender Bedeutung ist, zu wissen, wo wir in Bezug auf feindliche Streitkräfte stehen, müssen wir die Informationen, die fehlgeschlagen sind, selbst liefern. Ich brauche zwei Offiziere, die sich freiwillig für eine riskante Mission melden.

Langsdorff hatte seine Rede noch nicht beendet, als alle Offiziere auf den Beinen waren.

„Danke euch allen!", sagte der Schlachtschiffkommandant. Ich habe nicht weniger von euch erwartet. Aber in Anbetracht dessen werde ich sie selbst auswählen.

Eine tiefe Stille legte sich in den Raum. Alle Augen waren auf Langsdorff gerichtet, der sich langsam zu Karl umdrehte.

„Oberleutnant Weber", rief er aus, „sind Sie bereit, einer von ihnen zu sein?

„Ja, mein Kapitän", sagte Karl.

Helmut, der rechts von ihm stand, versetzte seinem Freund einen bösartigen Stampf, der sein Bein zwang, sichtbar zusammenzuschrumpfen.

„Mein Hauptmann", sagte Karl sofort, „da Sie mich durch eine genaue Wahl geehrt haben, möchte ich Sie bitten, mir zu gestatten, denjenigen zu benennen, der mich begleiten wird.

„Okay, Lieutenant", stimmte Langsdorff zu. Sie nennen es.

„Leutnant Berling.

„Laut. In einer Stunde erwarte ich Sie beide in meiner Kabine.

Ohne ein weiteres Wort verließ Langsdorff den Raum, gefolgt von seinem zweiten.

Auch die übrigen Offiziere verließen den Raum, und Karl und Helmut stiegen gemeinsam an Deck.

„Was will der Kapitän von uns? ", fragte der zweite, als spräche er mit sich selbst.

„Und was weiß ich? rief Karl aus. In jedem Fall werden wir es bald wissen.

Oberleutnant Stolff näherte sich ihnen.

„Mir scheint, Jungs, dass ihr euch bald in einem großen Schlamassel wiederfinden werdet", sagte er.

"Durcheinander? fragte Helmut. Was für ein Durcheinander?

„Das ist leicht zu erraten", so Stolff weiter. Wofür will dich der Kapitän? Offensichtlich, damit Sie die fehlenden Informationen liefern. Und wo werden Sie diese Informationen finden? Nun, an Land; es ist sehr einfach.

„Offensichtlich" bestätigte Karl und blickte auf einen unbestimmten Punkt am Horizont.

„Urkomisch!", meinte Helmut.

"Ja, sehr lustig", sagte Stolff.

„Aber wo?, fragte Helmut noch einmal.

»Ich glaube, Sie wollen alles vorher wissen«, sagte Karl. Aber wenn es Ihnen weiterhilft, sage ich Ihnen, dass wir seit heute Morgen in Richtung Kapstadt segeln.

„Das würde in die Höhle des Löwen gehen", sagte Stolff mit weit aufgerissenen Augen, „oder zumindest in seine Höhle.

Es herrschte tiefe Stille. Karl rauchte eine Zigarette und seine Augen blieben auf den Horizont gerichtet. Helmut vergnügte sich damit, Papierkugeln ins Meer zu werfen und Stolff sah seinem Freund verständnislos bei seiner nutzlosen Aktion zu.

„Karl", sagte Stolff plötzlich, „soll ich stattdessen gehen?

Karl drehte sich blitzschnell um.

„Auf keinen Fall!", sagte er. „Außerdem, wozu?

"Ja, Karl", sagte Helmut seinerseits. Hans hat Recht. Sie haben mehr Interesse als wir daran, eines Tages nach Deutschland zurückzukehren. Lass ihn mit mir kommen.

„Ich bitte Sie, nicht auf einer solchen Absurdität zu bestehen", bat Karl.

"Wie du willst", sagte Helmut. Aber ich würde es wirklich schätzen, wenn Sie mir eine Frage beantworten könnten, bevor Sie dieses Abenteuer beginnen, von dem wir vielleicht nicht zurückkehren werden.

"Welche Frage?

„Am Tag unserer Abreise aus Wilhelmshaven hast du etwas sehr Seltsames gesagt, worüber ich seither oft nachdenke. Stimmt es, dass Sie lieber nie wieder nach Deutschland zurückkehren würden? Wieso den? Was passiert zwischen dir und Naty?

Karl warf die Zigarette über Bord, drehte sich langsam um und stand mit dem Rücken zum Meer.

„Das", sagte er, „sind drei Fragen, nicht eine. Ich warte in einer halben Stunde in der Kajüte des Kapitäns auf Sie. Die Hände in die Taschen steckend, ging er in Richtung Mittelbrücke davon und ließ Helmut völlig verwirrt zurück. Stolff holte ihn mit einem Schulterklopfen in die Realität zurück.

„Hey, Helmut", sagte der Leutnant, „es ist natürlich, dass man von Karls Verhalten fasziniert ist und wissen will, was mit ihm los ist, wenn man etwas Merkwürdiges bemerkt hat. Aber es ist besser, wenn du ihm keine weiteren Fragen stellst Dies insbesondere Er wird es Ihnen danken.

„Okay, Hans", stimmte Helmut zu. Aber Sie werden mir zustimmen, dass Karls Verhalten jeden faszinieren würde. Andererseits bin ich sein bester Freund und er hat mir nie etwas vorenthalten, warum sollte er das jetzt?

„Schau mal, Junge", fuhr Stolff fort. Wir alle haben Dinge im Leben, die wir lieber verstecken, selbst vor unseren besten Kameraden. Du kennst Karl erst seit knapp zwei Jahren, aber ich war erst mit ihm auf der Akademie und später im "Staal". Gemeinsam wurden wir in den „Graf Spee" versetzt und ich kenne sein Leben und seine Probleme wie ich selbst. Vertrau mir, stell ihm keine Fragen mehr, du wirst es eines Tages herausfinden.

„Dann weißt du es?

„Ja, ich weiß. Aber nicht, weil er es mir erzählt hat, sondern weil ich es auch gelebt habe.

Helmut starrte seinen Freund fragend an.

"Nein. Ich werde Ihnen nichts sagen", fuhr Stolff fort. Ich kann es dir nicht sagen, es ist ein Geheimnis, das nicht mir gehört. Es ist vor mehr als drei Jahren passiert und ich habe nie ein Wort zu jemandem gesagt. Erwarte nicht, dass ich es jetzt tue.

„Sie sagen, dass die Ursache für Karls unerklärliches Verhalten vor mehr als drei Jahren stattgefunden hat, also wäre es vermutlich etwas Ernstes. Nur so ist es zu rechtfertigen, so lange eine lästige und unangenehme Haltung beizubehalten. Denkst du nicht?

"Sie haben den Beruf verwechselt", sagte Stolff lächelnd. Du hättest Diplomat werden sollen. Ja, du hast recht. Es war etwas sehr Ernstes, oder zumindest "der Leutnant blickte weiterhin abwesend in den Himmel", so scheint es.

„Hat Naty etwas mit all dem zu tun?

"Sendeende", sagte Stolff und zündete sich eine Zigarette an. Gehen Sie besser zum Captain. Es muss auf dich warten.

Helmut seufzte resigniert und ging sichtlich mürrisch davon. Karl erwartete ihn bereits vor Langsdorffs Kabinentür. Nach dem Klopfen und der Zutrittserlaubnis betraten beide Männer den Raum. Langsdorff studierte vertieft eine auf einem Tisch ausgebreitete Karte der westafrikanischen Küste. Neben ihm schrieb der zweite Kommandant des Schlachtschiffs in ein kleines Notizbuch eine lange Reihe von Namen, Nummern und Zeichen. Sie wurden eingeladen, Platz zu nehmen, was sie gerne in kleinen, aber bequemen Lederpolstersesseln taten. Langsdorff stellte Kelche vor sie, die er dann bis zum Rand mit goldfarbener Flüssigkeit füllte.

„Spanische Sherry! "Sie sagte lächelnd." Es gibt nichts Besseres.

Die vier Männer stießen mit ihren Gläsern auf die ferne Heimat an, und Helmut versprach sich nach einem ausgiebigen Schluck, so bald wie möglich vorsichtig Spanien zu besuchen.

KAPITEL VI
KAPSTADT STRASSE

„Wie ich Ihnen vor einer Stunde sagte „Langsdorff begann", werden Sie eine gefährliche und wichtige Mission ausführen müssen. Ich habe Sie, Leutnant Weber, aus zwei Gründen ausgewählt: Erstens, weil Sie fließend Englisch sprechen, und zweitens, weil ich Sie für voll und ganz für die Erfüllung der anstehenden Aufgabe halte. Seine Wahl war auch glücklich.

Helmut schwoll in seinem Stuhl an, als die Augen des Kapitäns auf ihm ruhten.

„Die „Graf Spee"", so der Schiffskommandant weiter, „operiert völlig allein in einem von Feinden verseuchten Meer. Aber was mich am meisten beunruhigt, ist der Mangel an Wissen, das wir über die Anzahl, Qualität und Situation haben. Die Berichte, die wir aus unbekannten Gründen erwartet hatten, sind nicht eingetroffen. Ihre Mission ist es, nach solchen Informationen zu suchen. Genau. „Langsdorff betonte hier seine Worte" gegenüber dem englischen Marinestützpunkt in Kapstadt.

Helmut, obwohl er wie Karl und Stolff das Ziel bereits erahnte, konnte nicht verhindern, dass ihm die Haare zu Berge standen. In Kriegszeiten einen britischen Marinestützpunkt zu betreten, schien ihm ein höchst unratsames Abenteuer zu sein. Karl seinerseits zeigte keine Regung.

„In der Stadt Kapstadt, und genau an dieser Adresse", fuhr der Kapitän fort und reichte Karl ein ordentlich zusammengefaltetes Stück Papier, „lebt ein Mann, den die Engländer als Tony Andreotti kennen und für einen Italiener halten. Er ist eigentlich Österreicher und sein richtiger Nachname ist Vessel. Vor einigen Jahren ließ er sich in Kapstadt nieder, baute ein florierendes Geschäft auf, gerbte feine Häute und baute durch seine Pracht und Großzügigkeit große Freundschaften mit einer Reihe der herausragendsten englischen und europäischen Offiziere auf. Seine eigentliche Aufgabe ist es, Deutschland als Agent des Dritten Reiches mit unschätzbaren Informationen über afrikanische Marinestützpunkte und die Bewegung alliierter Staffeln zu versorgen. Er musste uns die notwendigen Daten liefern, um relativ sicher navigieren zu können, aber wie gesagt, etwas Unerwartetes scheint passiert zu sein.

Helmut hörte Langsdorffs Erklärungen aufmerksam zu, seine Augen weiteten sich und er versuchte vergeblich, seine trockene Kehle zu befeuchten. Er stürzte den Rest seines Glases hinunter und fluchte leise, dass er nicht viel älter war.

„Jetzt ist es an der Zeit, dass Sie auf der Bildfläche erscheinen. Heute Nacht erreichen wir einen Punkt nahe der afrikanischen Küste, etwa sechzig Meilen nördlich von Kapstadt. In einem Motorboot und in Begleitung von zwei Seeleuten, deren Wahl ich Ihrem guten Ermessen überlasse, werden sie an Land gehen. Kurz davor halten sie an, und in einem Gummiboot müssen Sie beide die Küste so nah wie möglich an Kapstadt erreichen, nachdem Sie sich die genaue Position des Schnellboots eingeprägt haben, um dorthin zurückzukehren. Sie werden dann in die Stadt gehen und den Gerber Tony Andreotti suchen, von dem sie Berichte erhalten. Für den Fall, dass unserem Agenten etwas zugestoßen sein sollte, wird er mit allen Mitteln versuchen herauszufinden, ob in der Basis Kriegseinheiten verankert sind, deren Typ und Anzahl und wenn möglich die wahrscheinliche Ankunft anderer Schiffe. Wenn Sie leider festgenommen wurden, am Boden müsste man den besten Ausweg suchen, aber selbstverständlich, ohne Grund, welcher Art auch immer, die Präsenz der „Graf Spee" in diesen Gewässern preisgeben müssen. Weisen Sie auch die Männer an, die Sie begleiten, damit sie im Falle der Gefahr, während des Wartens gefangen genommen zu werden, ins Meer gehen, wenn die Bedrohung von Land kommt, oder dass sie im Dschungel verschwinden, wenn sie befürchten, von dort festgenommen zu werden hinter. das Meer.

Sobald sie heute Abend das Schiff verlassen haben, werden wir wieder in See stechen und in vier Tagen an denselben Ort zurückkehren, um sie abzuholen. Für den Fall, dass Sie nicht angekommen sind, werden wir in der folgenden Nacht zurückkehren, und wenn Sie auch nicht zurückgekehrt sind, bleibt uns keine andere Wahl, als für immer zu verschwinden. Was auch immer es sein mag, Sie müssen die Anwesenheit der „Graf Spee" in diesen Gewässern aufdecken. Weisen Sie auch die Männer an, die Sie begleiten, damit sie im Falle der Gefahr, während des Wartens gefangen genommen zu werden, ins Meer gehen, wenn die Bedrohung von Land kommt, oder dass sie im Dschungel verschwinden, wenn sie befürchten, von dort festgenommen zu werden hinter. das Meer. Sobald sie heute Abend das Schiff verlassen haben, werden wir wieder in See stechen und in vier Tagen an denselben Ort zurückkehren, um sie abzuholen. Für den Fall, dass Sie nicht angekommen sind, werden wir in der folgenden Nacht zurückkehren, und wenn Sie auch nicht zurückgekehrt sind, bleibt uns keine andere Wahl, als für immer zu verschwinden. Was auch immer es sein mag, Sie müssen die Anwesenheit der „Graf Spee" in diesen Gewässern aufdecken. Weisen Sie auch die Männer an, die Sie begleiten, damit sie im Falle der Gefahr, während des Wartens gefangen genommen zu werden, ins Meer gehen, wenn die Bedrohung von Land kommt, oder dass sie im Dschungel verschwinden, wenn sie befürchten, von dort festgenommen zu werden hinter. das Meer. Sobald sie heute Abend das Schiff verlassen haben, werden wir wieder in See stechen und in vier Tagen an denselben Ort zurückkehren, um sie abzuholen. Für den Fall, dass Sie nicht angekommen sind, werden wir in der folgenden Nacht zurückkehren, und wenn Sie auch nicht zurückgekehrt sind, bleibt uns keine andere Wahl, als für immer zu verschwinden. sie gehen ins Meer, wenn die Bedrohung von Land kommt, oder damit sie im Dschungel verschwinden, wenn sie befürchten, von hinten festgenommen zu werden. das Meer. Sobald sie heute Abend das Schiff verlassen haben, werden wir wieder in See stechen und in vier Tagen an denselben

Ort zurückkehren, um sie abzuholen. Für den Fall, dass Sie nicht angekommen sind, werden wir in der folgenden Nacht zurückkehren, und wenn Sie auch nicht zurückgekehrt sind, bleibt uns keine andere Wahl, als für immer zu verschwinden. sie gehen ins Meer, wenn die Bedrohung von Land kommt, oder damit sie im Dschungel verschwinden, wenn sie befürchten, von hinten festgenommen zu werden. das Meer. Sobald sie heute Abend das Schiff verlassen haben, werden wir wieder in See stechen und in vier Tagen an denselben Ort zurückkehren, um sie abzuholen. Für den Fall, dass Sie nicht angekommen sind, werden wir in der folgenden Nacht zurückkehren, und wenn Sie auch nicht zurückgekehrt sind, bleibt uns keine andere Wahl, als für immer zu verschwinden.

Langsdorff stand auf und Karl und Helmut folgten ihm.

„Mach deine Sachen bereit und sei in drei Stunden fertig. Ziehen Sie Zivilkleidung an, die nicht sehr neu ist, und tragen Sie keine Dokumente oder Gegenstände mit sich, die Sie verraten könnten.

Vor der Kapitänskajüte klopfte Helmut seinem Freund auf den Rücken.

„Du musst glücklich sein, oder? "Ich frage". Mir scheint, dass Ihr Wunsch, nicht nach Deutschland zurückzukehren, erfüllt wird.

Karl nahm es auf sich, die beiden Männer auszuwählen, die sie begleiten sollten. Zwei junge und starke Jungen, da die Wechselfälle, die passieren konnten, wenn etwas schief ging, solche Bedingungen erforderten. Um dreiundzwanzig Uhr, lange nach Einbruch der Dunkelheit, kam das Schlachtschiff zum Stehen. Ein mit allem Notwendigen ausgestattetes Motorboot wurde zu Wasser gelassen und die beiden von Karl ausgewählten Matrosen begaben sich darauf, Langsdorff schüttelte beiden Offizieren herzlich die Hand und gab ihnen die letzten Empfehlungen.

„Nehmen Sie das mit, Sie werden es vielleicht brauchen, besonders Lieutenant Berling. „Helmut nahm vom Kapitän eine sorgfältig in Kartonpapier eingewickelte Flasche entgegen.

„Sherry?", fragte er.

„Sherry", bestätigte der Kapitän.

"Danke Herr.

Dann überreichte Langsdorff Karl einen blauen Umschlag.

„Sobald Sie Tony Andreotti ausfindig gemacht haben", sagte er, „geben Sie ihm diesen Umschlag. Dies wird alle Bedenken von ihm zerstreuen und Sie dazu bringen, sich ihm zur Verfügung zu stellen. Viel Glück!

Schnell stiegen Karl und Helmut ins Schnellboot, bereit zum Segeln. Stolff, über das Geländer gebeugt, winkte ab.

„Grüß das hübscheste Mädchen in Kapstadt von mir", rief er, als seine Freunde sich vom Boot entfernten.

„Keine Sorge", versicherte Helmut. Wir werden es tun.

Das Boot verlor sich im Schatten und das Brummen seines Motors wurde von Moment zu Moment schwächer, bis es ganz verstummte.

Die ganze Nacht segelten sie in gerader Linie der Küste entgegen, und als ein leichter Blaustich am Himmel ihnen verriet, dass die Sonne bald aufgehen würde, fuhren sie nach Süden zum englischen Stützpunkt.

„Vorsicht!", rief Karl plötzlich und deutete auf einen Punkt in der Ferne. Ein Schiff fährt in diese Richtung.

Alle Augen richteten sich auf die angezeigte Stelle. Etwa zehn Meilen von ihrem Standort entfernt stieg eine schwarze Rauchsäule in den Himmel.

„Ohne Zweifel ist es ein englisches Schiff. Sie ist auf dem Weg nach Norden, was zu der Annahme führt, dass sie aus Kapstadt stammt. Es ist bequem anzuhalten, die Spur, die wir hinterlassen haben, könnte uns verraten.

Das Schnellboot hielt an und lag schaukelnd auf den Wellen. Die vier Männer, die darin ausgestreckt waren, verfolgten eifrig die Fahrt des Dampfers, der sich allmählich in Richtung Norden entfernte, bis er im Meer verloren ging.

„Wenn sie diesen Kurs einschlagen", sagte Karl, „sind sie bald in der Hand des Grafen Spee." Kapstadt kann nicht weit genug sein, acht Meilen oder so. Ich denke, wir sollten besser an Land gehen.

Das Boot wurde ins Wasser geworfen und beide Offiziere fuhren hinein, nachdem sie den Matrosen die letzten Anweisungen gegeben hatten.

„Ihr dürft euch nicht von den Engländern erwischen lassen. Ich habe Ihnen bereits gesagt, wie Sie reagieren müssen, falls Sie sich in Gefahr sehen. Versuchen Sie heute Abend, dem Boden etwas näher zu kommen und sich vor allem vor der Sonne zu schützen; Ein Sonnenstich könnte tödlich sein.

„Und trink nicht den ganzen Sherry aus", fügte er hinzu. Helmut. „Lass mir etwas da, wenn ich zurückkomme.

Beide Freunde ruderten lange und erreichten schließlich Land. Vom Motorboot aus verfolgten die Matrosen sie mit ihren Augen, bis sie in der dichten Vegetation der Küste verschwanden.

KAPITEL VII
IM HERZEN DES DSCHUNGELS

„Das ist ein schöner Stimmzettel, den sie uns überreicht haben", sagte Helmut, hielt kurz inne und wischte sich den Schweiß von der Stirn. Mehrere Meilen jungfräulichen Dschungel zu durchqueren, der von Ungeziefer aller Art verseucht ist, um am Ende zwischen den Engländern in einem ihrer am besten verteidigten Marinestützpunkte zu ruhen, würde jedem die verlorene Gesundheit zurückgeben.

„Komm schon Mann! Karl ermutigte ihn. Wir dürfen keine Zeit verschwenden. Heute Nacht müssen wir die Tore von Kapstadt erreichen, um die Stadt zu betreten und die Dunkelheit auszunutzen.

Sie setzten ihren Marsch fort und bahnten sich ihren Weg durch die dichte Vegetation. Lianen und verkrümmte Baumstämme erschwerten ihr Vorankommen enorm. Manchmal sanken sie bis zu den Knien in dicken Schlamm- und Dreckschichten ein, die die letzten Regenfälle gebildet hatten, nur um auf scharfen, kantigen Steinen zu laufen, die ihre Füße trotz ihrer Schuhe quälten.

Sie erreichten die Ufer eines ziemlich mächtigen Flusses, über dessen Wasser sich die dicken Äste der Bäume ausbreiteten, die an seinen Ufern wuchsen. Eine Armee von Affen aller Größen floh ihm in den Weg, während ein ohrenbetäubender Lärm durch den Weltraum donnerte.

„Da müssen wir hinüberschwimmen", meinte Karl. Wir haben weder die Zeit noch die Mittel, um ein Floß zu bauen.

„Einverstanden. Aber es würde mir nichts nützen, am Ende ein Krokodil als Vorspeise zu servieren.

„Diese Tierchen kommen nur in Romanen und Filmen vor", versichert Karl. Mach dir keine Sorgen.

Sie zogen sich schnell aus, machten ein Bündel aus ihren Kleidern und befestigten sie mit den Gürteln über ihren Köpfen. Dann tauchten sie ins Wasser.

„Ein Bad tut uns doch gut", meinte Helmut.

Sie hatten etwas mehr als die Hälfte des Flusses hinter sich, als Karl einen Warnruf ausstieß.

„Lauf Helmut! Schwimme schnell, mit all deiner Kraft.

„Was ist los?", fragte sein Freund.

„Stell keine Fragen und tu, was ich dir sage.

Wenig später erreichten sie keuchend und halb erschöpft das gegenüberliegende Ufer. Helmut schüttelte das Gewicht seiner Kleidung ab und holte tief Luft.

„Willst du mir erzählen, was mit dir passiert ist? "Sie fragte.

„Dreh dich um und du wirst sehen.

Kaum zehn Meter entfernt öffnete ein riesiges Krokodil seine länglichen Kiefer und sah sie gierig an.

„Urkomisch!", sagte Helmut. Anscheinend kommen die Autoren jener Romane, die Sie vorhin erwähnt haben, an diese Orte, um sich inspirieren zu lassen. Was für ein Zufall!

Nachdem sie sich abgetrocknet und angezogen hatten, setzten sie ihren Weg fort. Ihre Arme und Beine waren blutüberströmt. Die Dornen der Büsche gruben sich in ihr Fleisch, ohne es zu merken, und zahlreiche Mückenschwärme nagten gierig an ihren Wunden. Plötzlich sprang Helmut zum Neid aller Olympiasieger und zog blitzschnell seine Pistole aus dem Halfter.

„Trotzdem!", schrie Karl ihn an. Schießen Sie nicht, Sie könnten Aufmerksamkeit erregen.

„Was mache ich dann?", fragte Helmut mit hervorquellenden Augen.

"Aber was passiert? Ich sehe nichts Unnormales.

„Nicht, huh? Beruhige dich, deinen Kopf nach rechts zu drehen, und du wirst es herausfinden.

Das tat Karl. Ganz in ihrer Nähe glitt eine riesige Schlange durch die Blätter.

"Macht nichts", versicherte Karl. Es ist eine Boa, ein sehr unglückliches Tier.

„Ein unglückliches Tier, sagst du? Nun, es scheint nicht so. Wie auch immer, was auch immer es sein mag, du verschwindest besser von diesem Ort. Nächstes Jahr komme ich wieder, um mir ein Häuschen mit Garten zu bauen.

Es war dunkel, als sie die ersten Lichter von Kapstadt sahen. Die Vegetation erstreckte sich ununterbrochen bis in die Nähe der Stadt, sodass sie sich den ersten Häusern relativ leicht nähern konnten, ohne gesehen zu werden.

„Von diesem Moment an", sagte Karl, „ist es am besten, so zu gehen, als wäre nichts geschehen. Stecken Sie Ihre Hände in die Taschen und versuchen Sie, ein fröhliches Lied zu singen. Wir müssen eine sorglose Luft annehmen.

Kurz darauf gingen beide Freunde eine mäßig beleuchtete Straße entlang, auf der einige dunkelhäutige Inder spazieren gingen. Ab und zu kreuzte ein Weißer mit breitkrempigem Hut und hellen Kleidern seinen Weg. Plötzlich wurde Karls Blut kalt in seinen Adern. Helmut, mit einer Zigarette im Mundwinkel, pfiff ein Lied, wie ihm geraten worden war. Das Lied war schön, aber es hieß "Rose Marie" und es war deutsch. Zwei Sekunden später war Helmut die Zigarette von den Lippen gefallen und er spürte säuerlich die Magengrube.

Auf dem Papier, das Langsdorff ihnen gegeben hatte, war neben dem Namen der Straße, in der Tony Andreotti wohnte, eine Karte gezeichnet, damit sie seine Adresse finden konnten, ohne jemanden fragen zu müssen, und zwar in dieser Weg danach Nachdem sie anderthalb Stunden durch die Stadt gerannt waren, hielten sie vor einem weiß gestrichenen Haus mit einigen roten Backsteinverkleidungen.

„Hier ist es", sagte Karl. Es ist zehn Uhr. Vermutlich ist unser Freund inzwischen zu Hause.

Aber er lag falsch. Nach dem Klopfen mit einer alten Glocke, die oben an der Tür befestigt war, wurde die Tür langsam geöffnet und ein schwarzer Mann, der ungefähr zwei Meter groß gewesen sein musste, erschien in der Tür.

"Herr. Andreotti, bist du zu Hause? fragte Karl.

„Nein, meine Herren", drückte sich der Schwarze in einem komplizierten Jargon-Gemisch aus Englisch und etwas einheimischem Dialekt aus, aber er machte sich verständlich. Der Herr ist wie jeden Abend spazieren gegangen.

„Und wo könnten wir es finden?

Der Schwarze zögerte. Karl kam der Gedanke, dass Andreotti ihn möglicherweise angewiesen hatte, niemandem Auskunft über seine Bewegungen zu geben.

„Wir sind Freunde von dir", fuhr Karl fort. Wir sind gerade aus dem Landesinneren angekommen und müssen ihn wegen einer Sache sprechen, die ihn sehr interessiert.

„Die Herren können in einer Stunde zurückkommen, wenn sie wollen. Ich weiß nicht, wohin er gegangen ist. „Der Diener schloss die Tür und ließ beide Beamten auf der Straße zurück.

„Verdammt!", rief er empört, Helmut. Also, was können wir jetzt tun?

„Nun, genau das, was der Schwarze gesagt hat. Wir werden umkehren und gleich wieder zurück sein.

Sie gingen dieselbe Straße weiter und fanden sich bald auf einem breiten Platz wieder, von dem aus man einen weiten Blick auf das mondbeschienene Meer hatte.

„Wunderschönes Panorama!" seufzte Helmut. Niemand würde sagen, dass sich hier in der Nähe die „Graf Spee" versteckt.

„Halten Sie bitte die Klappe und begehen Sie keine Unvorsichtigkeit mehr. Lass uns in diese Bar gehen... oder was auch immer.

Durch die Tür eines Gebäudes auf demselben Platz wurden die Geräusche eines amüsanten Liedes gefiltert, gemischt mit den Stimmen von Männern und dem Lärm von Flaschen und Gläsern, die kollidierten.

Sie betraten das Gelände. Eine von Tabakrauch verdichtete Atmosphäre und der Schweiß vieler Körper ließen Helmut fast zurückfallen, aber als er sah, dass Karl bereits drinnen war, folgte er ihm. Sie näherten sich einer langen und unsauberen Holztheke, bestellten zwei Cognacs und wandten sich, nachdem sie sie getrunken hatten, der Mitte des Lokals zu, wo zwei indigene Tänzerinnen im Takt einer monotonen und eingängigen kleinen Musik tanzten. Karl ließ seine Augen über die entferntesten Ecken schweifen. An einem Tisch auf der anderen Seite des Raumes saßen mehrere Marineoffiziere, tranken ununterbrochen den Inhalt einer Flasche Whiskey, lachten und plauderten angeregt. Das Eintreten der beiden Freunde hatte Aufmerksamkeit erregt und mehrere Augen waren auf sie gerichtet. Sie versuchten ihr Bestes, um sich natürlich zu verhalten, und schafften es bald, nicht mehr das Ziel aller Augen zu sein.

Die indigenen Frauen beendeten ihren Tanz unter Applaus, mit dem das Publikum ihre Arbeit belohnte. Auch Karl applaudierte ohne große Begeisterung, während Helmut ihre leeren Becher nachfüllen ließ. Der Raum wurde intensiver beleuchtet und durch eine der Türen, die den Zugang zum hinteren Teil der Räumlichkeiten ermöglichten, erschien eine junge Frau in einem komplett weißen "Abendkleid".

„Das ist jetzt besser", meinte Helmut, nachdem er einen schrillen Pfiff ausgestoßen hatte, den er nicht unterdrücken konnte.

Das Mädchen, das damals die ersten Takte eines populären französischen Liedes sang, konnte nicht älter als fünfundzwanzig Jahre sein. Sie war extrem schlank, und ihr blondes Haar kontrastierte mit der braunen Farbe ihres Teints. Sie war auch auffallend hübsch, und die Nuancen ihrer Stimme gefielen beiden Freunden, besonders Helmut, der sie fasziniert ansah.

„Bis wir wieder an Bord sind", sagte Karl, „vergiss, dass du Deutscher bist und dich immer auf Englisch ausdrückst, auch wenn du alleine bist. Wenn du nicht besser aufpasst, finden wir uns hinein große Schwierigkeiten.

Ohne aufzuhören zu singen, näherte sich das Mädchen Karl und Helmut mit einem bezaubernden Lächeln, das Helmut erschaudern ließ. Karl seinerseits achtete mehr auf den englischen Offizier, der sie nicht aus den Augen ließ, als auf die Anteilnahme der jungen Frau. Sie trat an den Tresen, blieb vor Karl stehen und nahm ihn liebevoll am Arm.

„Gut!", sagte Helmut. „Und ich kann vom Blitz getroffen werden, oder?

Es schien, als ob das hübsche Mädchen ausschließlich für Karl sang und sich nicht viel um die Anwesenheit anderer Menschen im Raum scherte. Ihre Stimme wurde sanfter, zärtlicher.

"Brise, die von den fernen Bergen herabkommt,

Lösche in meiner Brust mit deinem eisigen Atem den Vulkan,
der mich verschlingt».

"Beeindruckend! rief Helmut verwirrt aus.

„Endlich hast du die Meere verlassen
Dich im tiefen Blau meiner Augen zu betrachten.

Helmut schwitzte Tinte. Was hätte sie mit „Endlich hast du die Meere verlassen" gemeint? Würde sie etwas wissen?

Karl sah jetzt das Mädchen an, das, auf seinen Arm gestützt, den Blick nicht von ihm abwandte. Schließlich beendete sie das Lied und ging, gefolgt von Standing Ovations. Der deutsche Leutnant schluckte den Inhalt seines Bechers in einem Zug und wollte gerade, gefolgt von seinem Freund, das Gelände verlassen, als er sah, dass der englische Offizier, der sie so eindringlich beobachtet hatte, auf sie zukam.

KAPITEL VIII
JENNY

„Guten Abend, meine Herren", grüßte der Offizier. „Ich möchte mich vorstellen. His Majesty's Navy Lieutenant Charles Hall.

Karl erwiderte ein leichtes Nicken.

„Mein Name", sagte er, „ist Morris, Arthur Morris, Jäger. Dieser Herr ist mein Partner, John Sheffield.

Karl und Helmut gaben dem Engländer die Hand.

„Meine Kollegen und ich", fuhr er fort, „wir haben festgestellt, dass Sie sehr allein sind. Wir würden uns geehrt fühlen, wenn Sie sich an unseren Tisch setzen würden. Wir feiern großartige Neuigkeiten, die für uns von großer Bedeutung sind.

„Ach ja?", sagte Helmut gelangweilt.

„In der Tat, meine Herren. Vor knapp ein paar Stunden haben wir erfahren, dass unser verschollen geglaubter Flugzeugträger «Ark Royal» nicht, wie ursprünglich behauptet, von der deutschen Luftfahrt versenkt wurde, sondern im Gegenteil sicher und gesund durch den Atlantik segelt. Verstehen Sie, meine Herren, dass uns die Nachricht sehr gefreut hat, dass wir alle gute Freunde auf einem solchen Schiff sind. Nehmen Sie unsere Einladung an?

„Mit großer Freude!" stimmte Karl zu und ging auf den von den englischen Offizieren besetzten Tisch zu. Sie waren zu viert, einschließlich Leutnant Jenkins, und alle standen auf, als Karl und Helmut eintrafen wieder ihre entsprechenden Sitze besetzt.

„Das heißt", sagte einer von ihnen und füllte die Gläser der beiden Deutschen, „dass Sie Jäger sind. Was bringt ihnen ein so riskanter Beruf?

„Pelze", antwortete Karl schnell. Feine Felle, hauptsächlich Leoparden, Panther und Schlangen. Sie werden zu einem guten Preis angeboten.

„Wer kauft sie?

„Bisher war die Stadt Bloemfontein unser Hauptmarkt. Aber heutzutage müssen wir aufgrund der feindseligen Haltung gewisser Stämme darauf verzichten. Die Eingeborenen widersetzen sich unseren Jagden, obwohl sie innerhalb strengster Legalität durchgeführt werden, und um unangenehme Zwischenfälle zu vermeiden, haben wir uns entschieden, unser letztes Wild in Kapstadt zu verkaufen.

„Werden sie hier jemanden finden, der sie kauft?

„Das hoffen wir, auch wenn wir niemanden kennen; Da unsere Ware aber begehrt und der Preis angemessen ist, finden wir bestimmt jemanden, der sich dafür interessiert.

„Wo sind die Felle jetzt?

Karl fing an sich zu ärgern und so viele Fragen. Aber, beißen Sie in den sauren Apfel, er hat ihn weiterhin angelogen.

„Ein paar Kilometer landeinwärts. Sie werden von unseren Dienern aufbewahrt und warten auf den Befehl, sie in die Stadt zu bringen.

„Meine Frau hat mich mehrmals gebeten, ihr eine ganze Schlangenhaut zu schicken, damit ich weiß nicht was", sagte Lieutenant Jenkins. Haben Sie Vorrat?

„In der Tat, viele und gut. Mein Partner wird es für Sie auswählen, er ist Spezialist für diese Art von Reptilien", sagte Karl lächelnd.

„Sehr dankbar", rief der Leutnant aus. Und sagen Sie mir, Mr. Sheffield, wie jagen Sie so gefährliche Tiere?

„Gefährlich?", fragte Helmut gezwungen lachend. Aber Schlangen sind sehr unglückliche Geschöpfe, nicht wahr, Arthur? Verwenden Sie spezielle Fallen, aber mehr als einmal war ich gezwungen, einen zu erledigen, der zu rebellisch war, indem ich seinen Schädel mit einem Stein zertrümmerte.

Karl brach fast in Gelächter aus. Helmut war offenbar erschrocken über seine eigenen Worte und stellte sich mit Grauen vor, was für eine erfolglose Rolle er spielen würde, wenn er gezwungen wäre, seine Heldentaten zu demonstrieren.

Die englischen Offiziere betrachteten beide Freunde mit Bewunderung und Respekt, mit Ausnahme von Lieutenant Jenkins, dessen Augen in einem seltsamen Licht leuchteten.

„Haben Sie eine Zigarette, Mr. Morris? "Er sagte plötzlich." Ich bin ausgegangen.

„Tut mir leid, Herr Leutnant", jammerte Karl. Es ist auch schon eine Weile her, dass ich sie beendet habe.

Helmut griff in seine Tasche nach seinem Zigarettenetui, aber ein toller Tritt von Karl hielt ihn davon ab. Ein englischer Offizier verteilte Zigaretten an alle, und das Gespräch ging lebhaft weiter.

„Hallo Jenny!", sagte Leutnant Jenkins nach einer Weile und stand auf. Karl drehte den Kopf. Hinter ihm stand das Mädchen, das ihn kurz zuvor als Empfänger ihres Liedes auserkoren hatte. Sie hatte ihr wallendes weißes Kleid gegen ein gelbes Straßenkleid eingetauscht , in dem sie wirklich schön war." Alle standen auf.

„Erlauben Sie mir, diese Herren vorzustellen", sagte Jenkins, „die Herren Morris und Sheffield, beide Jäger. Miss Jenny Saife.

Beide jungen Männer verneigten sich respektvoll. Sie erwiderte sie mit einem freundlichen Lächeln.

„Ich dachte, Sie wären anfangs Französin", sagte Karl und forderte sie auf, Platz zu nehmen, „Sie beherrschen Molières Sprache perfekt.

„Ich habe tatsächlich etwas Französisches. Ich bin in Dänemark geboren, habe aber die meiste Zeit meines Lebens in Frankreich und England gelebt und bin seit etwa einem Jahr in Kapstadt. Ihr seid neu in der Stadt, oder?

„Die Herren", unterbrach Jenkins, „sind Jäger, wie ich Ihnen bereits gesagt habe. Sie sind gerade mit einer Ladung Pelze aus dem Landesinneren angekommen, mit denen sie in der Stadt Handel treiben wollen.

„Pelze? Haben Sie bereits einen Käufer? fragte Jenny.

„Nein, Lady, wir kennen hier niemanden, aber wir werden ihn finden.

„Dann", fuhr das Mädchen fort, „kann ich dir vielleicht helfen.

"Sie?

„Ja. Ich kenne den wichtigsten Gerber und Pelzhändler in dieser Gegend. Ich meine Tony", sagte die junge Frau und wandte sich an Lieutenant Jenkins.

"Nun, es ist wahr!" er rief aus. „Wie hätte es mir vorher nicht einfallen können?

Helmuts Blut wurde kalt. Zweifellos meinten sie den Mann, den sie suchten, den deutschen Agenten.

„Wenn ich Sie nicht stören will, wäre ich Ihnen dankbar, wenn Sie mich mit ihm in Verbindung bringen könnten", fragte Karl unbeirrt.

„Ich werde es sehr gerne tun", versicherte Jenny. „Zufällig wohnt er hier in der Nähe; Ich selbst werde dich begleiten.

Das Orchester begann die ersten Takte von „Perfidia", dem berühmten spanischen Tanzstück, das damals in ganz Europa angesagt war. Karl kam es vor, als sei in jedem Verhalten etwas Perfides. In Jenkins, in Jenny und in sich selbst.

„Ladest du mich zum Tanzen ein? " fragte das Mädchen und wandte sich an Karl.

Karl verließ seinen Platz und machte sich in Begleitung von Jenny auf den Weg zur Tanzfläche. Er legte seinen rechten Arm um ihre Taille und verschmolz mit den anderen Paaren.

„Jagst du schon lange? fragte Jenny plötzlich.

„Ich glaube, ich habe es mein ganzes Leben lang getan. Afrika hat für mich keine Geheimnisse.

„Es ist seltsam", fuhr sie fort. Du tanzt sehr gut dafür, dass du einen großen Teil deines Lebens unter Bestien gelebt hast.

„Es ist einfache Intuition. Ich habe ein bemerkenswertes Gehör für Musik und es fällt mir nicht schwer, dem Rhythmus einer unkomplizierten Melodie zu folgen.

Beide verstummten. Jenny behielt Karls Gesicht im Auge, und Karl sah Helmut immer wieder an, vertieft in ein angeregtes Gespräch mit den englischen Offizieren.

"Bist Du Engländer?" fragte das Mädchen.

„Ja, obwohl ich, wie ich Ihnen bereits sagte, fast immer in Afrika gelebt habe.

„Ihr Land befindet sich im Krieg. Wird er nichts für sie tun?

Karl bekam einen Kloß im Hals.

„Ich würde gerne für mein Land tun, was es von mir verlangt, auch wenn es mein eigenes Leben wäre.

Jenny richtete ihre blauen Augen auf seine, als würde sie versuchen, seine Gedanken zu lesen. Karl spürte, wie die rechte Hand des Mädchens einen leichten Druck auf ihre Finger ausübte und ihr Körper sich an seinen drückte, den Abstand zwischen ihnen verringerte.

„Würden Sie es überhaupt wagen, in einen feindlichen Marinestützpunkt einzudringen, um Informationen zu beschaffen? “, fragte sie und unterstrich ihre Worte.

Karl schauderte. Für einen Moment verdunkelte undurchdringliche Dunkelheit seine Augen und er spürte, wie seine Beine schwach wurden.

„Ja, sogar das würde reichen“, schloss er schließlich.

Das Orchester beendete die letzten Takte und beide kehrten zum Tisch zurück. Die englischen Offiziere verfolgten aufmerksam die Erklärungen und Details, die Helmut über die Jagd auf Schlangen lieferte, zweifellos inspiriert von einem Übermaß an Whisky.

„Es wird spät“, sagte Jenny, ohne sich zu setzen. „Wenn du möchtest, begleite ich dich zu Tonys Haus.

„Ich denke, es wird das Beste sein“, sagte Karl.

Beide Freunde verabschiedeten sich von den englischen Offizieren und wollten in Begleitung des Mädchens gerade den Raum verlassen, als Lieutenant Jenkins sie anbrüllte:

„Wirst du lange in der Stadt bleiben?

„Vielleicht ein paar Tage", erwiderte Karl. „Bis wir alle unsere Felle verkauft haben.

„In diesem Fall werden wir morgen wieder hier auf Sie warten. Mr. Sheffield muss uns zu Ende erzählen, wie Schlangen gejagt werden.

„Das werden wir nicht verpassen", fügte Helmut hinzu. Ich werde dir sogar erklären, wie seine Bisse geheilt werden sollten.

Karl und Helmut gingen in Begleitung von Jenny auf die Straße hinaus.

KAPITEL IX
TONI

Die Glocke im Haus des Gerbers läutete fröhlich. Als Helmut sah, dass niemand den Anruf entgegennahm, bestand er erneut darauf. Kurz darauf schwang die Tür einen Spalt weit auf, und das schwarze Gesicht des Dieners erschien in der Lücke, der, nachdem er Jenny sorgfältig angesehen hatte, sie schließlich hereinließ.

»Der Herr ist gerade angekommen«, sagte er. „Ich habe seinen vorherigen Besuch bereits angekündigt und er bittet Sie, bitte in den Raum zu kommen.

Karl verfluchte tausendmal seine Unvorsichtigkeit. Er sah Jenny von der Seite an und es schien ihm, als ob das Mädchen diskret lächelte.

Der Schwarze lud sie ein, sich in zwei Netzstühle zu setzen und später hinter einigen Hanfvorhängen zu verschwinden. Ein paar Minuten vergingen, während der sowohl Freunde als auch Jenny tiefes Schweigen bewahrten. Wenig später wurden die Vorhänge wieder geteilt, und ein Mann von etwa fünfundvierzig Jahren, groß und schlank, erschien auf der Bildfläche. Seine Augen, hell und bewegt, glichen denen eines Fuchses, und sein Gang erinnerte Karl an die Großkatzen im Hamburger Park.

„Was für eine nette Überraschung, Jenny! "sagte er, beugte sich so weit er konnte vor das Mädchen und küsste ihre Hand." Was verdanke ich einen so unerwarteten Besuch?

Karl und Helmut waren aufgestanden, und die junge Frau teilte ihren Blick mit den drei Männern.

„Zufällig", sagte sie, „habe ich diese Herren heute getroffen. Sie haben eine beträchtliche Ladung Pelze und ich dachte, Sie könnten daran interessiert sein. Sie sind die Herren Morris und Sheffield, Jäger. „Dann wandte sie sich an Karl und Helmut und fügte hinzu: „Das ist Herr Andreotti.

Er trat gerade weit genug vor, um beiden Freunden die Hand zu schütteln.

"Wow wow! er rief aus. Skins, oder? Was für Skins?

"Meistens gut", antwortete Karl. „Leopard und Schlange. Aber wir haben einige schwarze Füchse, Löwen und Ochsen.

"Wo sind sie?

„Zehn Meilen von hier entfernt, sobald wir einen Markt haben, werden wir sie bringen.

„Ich denke, meine Anwesenheit nützt nichts“, sagte Jenny und stand auf. „Ich warte, bis sie mit dem Spaziergang im Garten fertig sind.“ Und ohne noch länger zu warten, verließ sie das Zimmer.

„Hast du viel gejagt?“ fragte Andreotti und setzte sich gegenüber seinen Besuchern auf einen Stuhl.

„So lala“, erwiderte Karl.

„Große Stücke?

„Einige überstiegen sechstausend Tonnen.

„Wie? Willst du mich auslachen?“ fragte Andreotti mit undurchdringlicher Miene.

"Auf keinen Fall", verneinte Karl. Die „Huntsman“ erreichte achttausend Kilo und die „Clement“ und die „Trevanion“ überstiegen fünftausend.

„Solche Namen habe ich noch nie gehört. Sind das seltene Stücke?

„Selten, ja; aber nicht terrestrisch, sondern maritim. Jetzt sind sie ein formloser Müllhaufen auf dem Grund des Ozeans; aber vor ein paar Tagen segelten sie unter englischer Flagge über die Meere.

Andreotti stand auf und ging langsam zu einem kleinen Schrank, aus dem er eine Flasche Cognac und drei Gläser nahm. Zwei davon stellte er vor Karl und Helmut auf einen Tisch und füllte sie als nächstes auf.

"Was willst du von mir? “, fragte er und starrte auf den Schnaps, der in die Gläser tropfte.

Karl streckte die Hand aus, aus seinen Fingern ragte ein blauer Umschlag.

„Das ist für dich", sagte er. Lesen Sie es und Sie werden wissen, was wir wollen.

Andreotti riss den Umschlag auf und zog ein ebenso blaues Stück Papier heraus. Er entfaltete es langsam und vertiefte sich in die Lektüre seines Inhalts. Helmut fühlte seine Stirn in kalten Schweiß gebadet. Konnten sie diesem Mann wirklich vertrauen? Wie Langsdorff ihnen erzählte, war er Österreicher und lebte viele Jahre unter Engländern. Was wäre seine wahre Position? Würde er sie nicht in eine Falle führen? Warum hatte er den Grafen Spee nicht informiert?

Tony Andreotti beendete die Lektüre, faltete das Papier zusammen und zündete es mit einem Streichholz an. Dann schloss er die Türen und zog die Hanfvorhänge zu.

„Du bist nicht ohne Mut", sagte er, „aber du bist in die Höhle des Löwen gegangen. Ich konnte Kapitän Langsdorff nicht informieren, weil es mir völlig unmöglich war. Die Engländer sind mir gegenüber schon lange misstrauisch, obwohl sie es sehr gut zu verbergen wissen; Du musst zugeben, dass sie nicht dumm sind. Ich habe eine Station in meinem Pelztrockenschuppen außerhalb der Stadt, aber ich kann mich ihr nicht nähern, da die Briten sie lokalisiert haben und sie ständig bewachen, damit jemand sie benutzen kann. Ich habe alle erdenklichen Mittel ausprobiert, um mit Ihnen zu kommunizieren, aber alle sind gescheitert.

„So etwas haben wir vermutet", sagte Karl.

"Wie bist du hier her gekommen?

„Mit einem Motorboot, das wir etwa acht Meilen nördlich versteckt haben.

„Wie hast du Jenny kennengelernt?

„Sie wurde uns vor einiger Zeit von einigen englischen Offizieren vorgestellt; in einer Halle, die auf einem Platz hier in der Nähe steht und an deren Namen ich mich nicht erinnere.

„Offiziere, sagst du? Kennst du ihre Namen?

„Ich erinnere mich nur an einen. Leutnant Jenkins.

"Jenkins!" rief Andreotti. „Genau Jenkins! Er hat die Aufgabe, Tag und Nacht über mich zu wachen. Zu dieser Zeit wird er im Haus herumhängen und darauf warten, etwas zu sehen oder zu hören.

„Sie wirkten sehr freundlich", sagte Helmut. „Ich glaube nicht, dass sie uns verdächtigen.

„Nicht, huh? Traue dem Schein nicht. Welche Gegenstände tragen sie?

"Fast nichts", antwortete Helmut. Das Taschentuch, ein paar Pfund Sterling und Zigaretten.

„Was für Zigaretten?

„Kub.

"Gib sie mir sofort", befahl Andreotti und nahm ihnen die entsprechenden Vorräte aus beiden Händen. „Ist Ihnen schon einmal in den Sinn gekommen, dass die Engländer sehr überrascht wären, wenn zwei Jäger aus dem Landesinneren deutsche Zigaretten rauchten?

Da verstand Helmut, warum ihm sein Freund eine Stunde zuvor diesen geilen Tritt verpasst hatte.

„Das ist alles schön und gut", sagte Karl. „Aber was uns am meisten interessiert, ist, dass Sie uns die Informationen geben, für die wir gekommen sind, damit wir sofort gehen können.

„Alles wird gehen. Sag mir erst, wo der «Graf Spee» ist.

Karl zögerte einen Moment.

„Hier in der Nähe", sagte er schließlich.

„Wo genau?

„Für den Augenblick wird es ihm genügen zu wissen, dass er in diesen Gewässern wandelt", antwortete Karl.

„Ich sehe, dass sie mir misstrauen. Ich kann es ihm nicht verübeln. Jetzt hör mir gut zu. Ich werde so bald wie möglich mit Ihnen marschieren. Wenn er noch hier wäre, würde er bald verhaftet werden. Vermutlich werden wir Schwierigkeiten haben und manche werden die «Graf Spee» vielleicht nicht erreichen können. Deshalb ist es notwendig, dass wir drei wissen, woran Hauptmann Langsdorff interessiert ist, damit wir ihn unabhängig vom Schicksal der anderen beiden über seinen Account informieren können. Gerade jetzt, fuhr er fort, segelt hier ein schlagkräftiger englischer Marineverband mit Volldampf voraus. Es besteht aus dem schweren Kreuzer „Renown" und dem Flugzeugträger „Ark Royal" mit 58 Flugzeugen an Bord sowie vier Zerstörern. Es ist erforderlich, dass die „Graf Spee" diese Gewässer unverzüglich verlässt und sich ein neues Einsatzgebiet sucht,

„Langsdorff hatte daran gedacht, in den Indischen Ozean zu segeln", sagte Karl.

"Exzellente Idee!" Andreotti stimmte zu: „In diesem Meer haben die Engländer keine nennenswerte Streitmacht, höchstens einen Zerstörer, der keine ernsthafte Gefahr für die „Graf Spee" darstellt." Weiter südlich, an der amerikanischen Küste, hat England einen weiteren Marineverband in ständiger Bewegung. Es besteht aus den Kreuzern „Cumberland", „Exeter", „Ajax" und „Achilles", die von Commodore Harwood kommandiert werden.Eine Begegnung mit unserem Schlachtschiff könnte sie in ernsthafte Schwierigkeiten bringen, aber niemals so, wie sie es wäre, wenn sie es wäre gezwungen, Renown in einem ungleichen Kampf zu begegnen.

In diesem Moment klopfte jemand an eine Tür. Andreotti bedeutete Helmut, sie zu öffnen, und Helmut tat es. Jenny betrat den Raum.

"Ich finde den Preis etwas übertrieben", sagte der deutsche Agent, sich an Karl wendend, und tat so, als hätte er die Anwesenheit des Mädchens nicht bemerkt.

„Es gibt Preise", sagte sie, „die nie übertrieben sind.

KAPITEL X
EINE FRAU WIE VIELE

Andreotti drehte sich langsam zu Jenny um, die damit beschäftigt war, die Stängel eines kleinen Blumenstraußes zu sammeln, der im Garten des Hauses geschnitten worden war.

„Glaubst du?", fragte er.

„Natürlich", antwortete sie lächelnd. „Ich bin sicher, dass das, was diese Herren Ihnen anbieten, mehr als wert ist, was sie verlangen.

„Es muss wahr sein, wenn du das sagst", antwortete Tony. Dann zu Karl gewandt, fuhr er fort: „Wenn die Felle die Qualität haben, die Sie mir zugesichert haben, bin ich bereit, die ganze Charge zu behalten, wenn Sie mir zehn Prozent Rabatt auf den ursprünglich ausgehandelten Preis gewähren.

"Einverstanden", sagte Karl und stand auf. „Ich werde sofort meinen Trägern befehlen, die Fracht nach Kapstadt zu bringen. Morgen oder spätestens übermorgen sind sie da.

„Hast du schon eine Unterkunft?" fragte Andréotti.

„Nein. Wir sind erst vor fünf Stunden angekommen und konnten damit nicht umgehen.

„In diesem Fall wäre ich sehr geehrt, wenn Sie meine bescheidene Gastfreundschaft annehmen würden. Mein Haus ist einfach und ohne Luxus, aber Sie werden sich darin wohler fühlen als in jedem Hotel der Stadt, wo die einfachste Sauberkeit durch ihre Abwesenheit auffällt.

„Aber „Karl hat einen kleinen Protest gestartet", fürchten wir, Unannehmlichkeiten zu verursachen.

„Auf keinen Fall!", sagte der deutsche Agent. „Seine Gesellschaft wird mir sehr angenehm sein. Übrigens, habt ihr schon zu Abend gegessen? Nein? Ich befehle ihnen sofort, etwas vorzubereiten.

Andreotti ging zu einem Ende des Raums und ließ auf einem kleinen Tisch einen kleinen Gong ertönen. Kaum eine Minute verging, öffneten sich die Hanfvorhänge und die massige Gestalt des schwarzen Mannes erschien.

„Togo", sagte sein Herr, „befiehl deiner Frau, ein gutes Abendessen zu bereiten für ... du, hast du schon gegessen, Jenny? "Er hat das Mädchen gefragt." Ja?... für zwei Personen.

Togo verschwand schnell. Helmut fand die Aussicht auf ein gutes Essen köstlich. Sie hatten lange nichts gegessen, bevor sie das Motorboot verließen, und er fühlte sich, als wäre sein Bauch von einer Dampfwalze "gebügelt".

„Ich muss jetzt gehen", sagte Jenny und machte eine Bewegung, um aufzustehen. „Meine Mission ist beendet.

"Auf keinen Fall! Andreotti protestierte. „Es sei denn, Sie haben eine unausweichliche Verpflichtung.

"Nein, ich habe keine Verpflichtung", versicherte das Mädchen. „Aber diese Herren werden müde sein und sich bald zurückziehen wollen.

„Nein, Miss", verneinte Helmut. „Wir sind es gewohnt, wenig zu schlafen. Ein paar Stunden reichen aus, um sich vollständig zu erholen. Außerdem konnten wir bei dieser drückenden Hitze kaum einschlafen.

„Du bleibst besser", meinte Andreotti. „Diese Herren sind es offensichtlich nicht gewohnt, in der Gesellschaft so hübscher Mädchen zu sein.

„Danke, Tony", bedankte sie sich. „Du bist sehr galant.

Jenny setzte sich wieder hin. Karl betrachtete das Mädchen jetzt mit besonderem Interesse, und er musste zugeben, dass sie wirklich sehr hübsch war. Er fragte sich, welches Geheimnis Jennys Leben enthielt und was ihre wahre Existenz gewesen war. Derzeit tanzte sie in einem Nachtlokal in Kapstadt; aber was hätte sie in der Vergangenheit getan? Welche lange Kette von Entbehrungen und Leiden hätte sie vielleicht ertragen müssen?

Das Mädchen drehte leicht den Kopf und ihre Augen trafen seine. Lange starrten sie einander schweigend an. Die Süße von Jennys

Gesichtszügen machte einen tiefen Eindruck auf Karl. In ihren blauen Augen, die den deutschen Leutnant zu faszinieren begannen, spiegelte sich eine Ruhe und Gelassenheit wider, die ihn tief beeindruckte, während in ihrem perfekt umrissenen Mund eine leichte Bitterkeit zu erahnen war.

Andreotti räusperte sich absichtlich und Karl kehrte in die Realität zurück. Helmut vergnügte sich, einen "Cocktail" zuzubereiten, indem er zu diesem Zweck in einem geeigneten Behälter einen Teil des Inhalts aller Flaschen mixte, die er im Barschrank fand. Die Mischung nahm eine unbestimmte schwärzliche Farbe an, aber der Geschmack war nicht unangenehm.

Togo tauchte wieder auf und verkündete, dass das Abendessen serviert wurde, und der Hausherr führte die beiden Freunde und Jenny ins Esszimmer. Das Essen war saftig und alles ging in angeregten Gesprächen vorüber. So unterschiedliche Themen wie Krieg, wilde Tierjagden, in deren Technik sich Helmut schließlich zu einer wahren Persönlichkeit weihte, Literatur und Musik wurden berührt. Karl fiel sofort auf, dass Jenny eine ungewöhnliche Kultur hatte, was ihn angesichts der Umgebung, in der sie lebte, überraschte. Nach dem Dessert äußerte das Mädchen den Wunsch zu gehen, und Karl erbot sich gerne, sie zu begleiten.

„Du bist eine seltsame Frau", sagte er, als beide schon auf der Straße waren.

"Warum?

„Sie haben eine bemerkenswerte Kultur. Sie kennt die meisten englischen, deutschen und spanischen Klassiker und beschäftigt sich auch mit moderner Literatur. Das, und verzeihen Sie mir, passt nicht zu … Ihrer Art, Ihren Lebensunterhalt zu verdienen.

Karl bereute es sofort, so abrupt gesprochen zu haben. Jennys Gesicht spiegelte tiefe Traurigkeit wider. Sie gingen lange Zeit schweigend und überquerten mehrere Straßen, von denen die meisten schwach beleuchtet waren.

„Manchmal", sagte das Mädchen, „ist es uns aus zwingender Notwendigkeit nicht erlaubt, die Art von Leben zu wählen, die wir uns gewünscht hätten. Ich tanze nicht zum Vergnügen in einem Nachtclub, Mr. Morris, sondern weil ich im Moment Ich brauche es, um weiterzuleben.

„Ich bitte um Verzeihung, Jenny", bat Karl demütig. „Ich wollte sie nicht verärgern. Sicherlich wusste ich nicht, wie ich ausdrücken sollte, was ich sagen wollte. Ich meine, dass es Ihnen mit einer mehr als sorgfältigen Ausbildung nicht schwer fallen wird, eine andere Art von Arbeit zu finden, die für Sie geeigneter ist.

„Ich habe wiederholt danach gesucht, aber ich konnte es nicht finden.

„Warum erzählst du mir nicht von deinem Leben, Jenny?" fragte Karl.

„Bist du wirklich interessiert? fragte sie und starrte ihn an.

„Ja, ich bin sehr interessiert.

„Ich gebe Ihnen eine kurze Zusammenfassung. Ich wurde, wie ich Ihnen bereits sagte, in Dänemark geboren; Ich bin also gebürtige Dänin. Als ich noch sehr jung war, schickten mich meine Eltern, die sich damals in einer bequemen Position befanden, zum Studium nach Frankreich, wo ich viele Jahre in einer luxuriösen Pension lebte. Als ich fünfzehn war, starben meine Eltern innerhalb kurzer Zeit und hinterließen mir ein beträchtliches Vermögen, das von einem viel älteren Cousin von mir als Vormund verwaltet wurde. Ich habe nie genau gewusst, was passiert ist, aber das Ergebnis war, dass ich in kurzer Zeit in völligem Elend war. Hilflos ging ich dann hin, um Schutz bei einigen entfernten Verwandten zu erbitten, von denen ich mir Hilfe als Entschädigung für alte Gefälligkeiten meines Vaters erhoffte. Aber niemand wollte mir dienen, verschiedene Gründe vorzutäuschen, die irrelevant sind. Ich brach die Schule ab und bekam einen Job als Schreibkraft im Büro eines Weinexporteurs, den meine Familie seit Jahren kannte. Er war ein guter Mann und behandelte mich mit aller

Rücksicht, bezahlte mir viel mehr, als meine Arbeit verdiente, und sorgte sogar mit der Bitte eines Vaters für meine Sicherheit. Aber nach zwei Jahren starb auch er und seine Erben liquidierten das Geschäft. Ich sah mich wieder ganz allein auf der Straße. Ich ging dann nach England und trat als Eskorte in den Dienst einer älteren Dame. Sie war eine böse und selbstsüchtige Frau, die ich lange ertragen musste, weil ich nichts Besseres finden konnte, alle Arten von Leid und Beleidigungen. Da ich nicht mehr widerstehen konnte, verließ ich sie eines Tages, um mich der Tanzgruppe einer Zeitschriftenfirma anzuschließen; das Gehalt war lächerlich und die Behandlung schlecht, aber es erlaubte mir, aus Schwierigkeiten herauszukommen, und ich fuhr fort, durch einen Großteil Europas zu reisen. Schließlich bekam ich durch einige Freunde eine gute Stelle bei einer Holzfirma in Kapstadt, aber kurz nachdem ich hier angekommen war, ging die Firma bankrott. Inzwischen wissen Sie, was mein Job ist. Daniel, der Nachtclubbesitzer, ist trotz seines manchmal etwas schroffen Charakters im Grunde ein guter Mensch. Er zahlt mir mehr, als ich ausgeben kann, und „schloss Jenny", das ist es.

Den Rest des Weges legten sie schweigend zurück. Plötzlich blieb das Mädchen stehen.

„Ich wohne hier", sagte sie. „Wie Sie sehen können, ist es ein etwas abgelegenes Häuschen, aber es ist hübsch und hat einen großen Garten auf der Rückseite. Ich teile es mit zwei Mädchen, die im Militärkrankenhaus der Marine arbeiten. Zwischen den dreien kommen wir relativ günstig hin.

KAPITEL XI
ERHABENES OPFER

„Jenni! sagte Karl und nahm die Hände der jungen Frau in seine. „Warst du jemals wirklich glücklich?

Das Mädchen antwortete nur langsam. Schließlich tat sie es, ihre Stimme kaum hörbar, ihre Augen niedergeschlagen.

"Niemals! Ich denke nie. Ich erinnere mich nur, dass ich glücklich war, als ich als Kind im Wald unseres Hauses in Kopenhagen gespielt habe. Es ist sehr schwer, allein auf der Welt zu leben!

„Ja, Jenny. Ich weiß etwas darüber, was das ist.

Ihre Augen begegneten plötzlich seinen mit der ganzen Faszination, die Karl bereits beobachtet hatte.

„Sagen Sie mir, Mr. Morris, wie ist Ihr richtiger Name?

Karl bekam einen Kloß im Hals.

„Ich habe keinen anderen Namen als diesen", versicherte er wenig überzeugend. „Mein Name ist Morris, Arthur Morris, ich bin Engländer und mein Beruf ist es, Bestien zu jagen, um seine Haut auszunutzen. Ich dachte, ich hätte es dir schon gesagt.

„Nein, mein Freund", verneinte das Mädchen. „Sie sind weder Engländer noch Wildjäger, noch ist Ihr richtiger Name Morris. Wer bist du?

Karl antwortete nicht.

„Bis auf den Namen", fuhr Jenny fort, „kenne ich die beiden anderen Extreme sehr gut. Sie und Ihr Freund sind Deutsche, und Sie sind nicht in Kapstadt, um Pelze zu verkaufen, sondern um etwas über die Bewegungen und Absichten der Engländer zu erfahren.

„Du bist sehr intelligent", sagte Karl trocken. „Darf ich wissen, in welchem absurden Fall so groß?

„Das ist weder absurd noch eine freie Annahme von mir. Ich weiß es einfach. Ich weiß seit langem genau, was Herr Andreotti wirklich arbeitet, obwohl er nicht weiß, dass ich seine Aktivitäten kenne. Die Gerissenheit eines Spions mag mehr als ausreichen, um einen Mann zu täuschen, aber nicht die Intuition einer Frau. Ich habe es sofort vermutet, insbesondere wegen seines starken Interesses, Informationen von den englischen Offizieren zu erhalten, und ich habe es später bestätigt. Was dich betrifft, ich wusste, wer du bist, kurz bevor ich heute Abend den Nachtclub verließ. Vor allem das Verhalten Ihres Partners gab mir zu verstehen; Sein Schock, als ich Tony nannte, ihre verrückten Jagdgeschichten, ihre Kleidung, die für Wildjäger unpassend ist, ihre leicht sonnenverbrannten Gesichter und Ihre Kenntnisse des modernen Tanzes, Sie waren mehr als genug Hinweise, um jeden dazu zu bringen, die Augen zu öffnen. Später, in Andreottis Haus, die wenigen Zweifel, die ich noch hatte, verschwanden. Warum hast du heute Nacht bei der drückenden Hitze Türen und Fenster geschlossen? Es war eine unnötige Vorsichtsmaßnahme, sich mit einem einfachen Pelzverkauf zu befassen, finden Sie nicht?

Karl war Jennys Erklärungen mit verdüstertem Gesicht und verschwitzter Stirn gefolgt. Ein einziges Wort des Mädchens würde genügen, um ihn und Helmut sofort festzunehmen und in ein Konzentrationslager zu internieren. Aber da war etwas, etwas, das ich nicht definieren konnte, das ihm sagte, dass Jenny sie niemals hergeben würde.

„Wie heißen Sie?", fragte die junge Frau auf Deutsch.

„Karl", sagte er unfähig, sich dagegen zu wehren. Karl Weber. Sie können jetzt die Polizei benachrichtigen, wenn Sie dies wünschen.

Das Mädchen brachte ihr Gesicht langsam näher zu seinem. Karl konnte schon Jennys parfümierten Atem auf seinem Gesicht spüren. Er umkreiste automatisch die Taille der jungen Frau, zog sie an sich und legte seine Lippen auf ihre.

„Karl", sagte Jenny kurz darauf, den Kopf auf die Schulter des deutschen Leutnants gelegt, „du musst sofort fliehen; Ihr müsst beide fliehen, du und...

„Helmut.

„... und Helmut. Ich bin nicht der einzige, dem es aufgefallen ist; auch Lieutenant Jenkins ahnt etwas. Wenn nicht, wird es auch nicht lange dauern, bis du verhaftet wirst, und das will ich nicht, weil ... Ich liebe dich, Karl.

Er war immer noch um ihre Taille, aber seine Gedanken waren sehr weit weg von dort, viel weiter nördlich, in Europa, in Deutschland. Er erinnerte sich an Naty, seine geliebte Naty. Er fühlte sich ein wenig schuldig. Wenn Naty das wüsste...!

„Wir können heute Abend nicht gehen, Jenny", sagte er schließlich. „Sicherlich werden wir überwacht, und unser plötzliches Verschwinden würde den Verdacht schüren. Unter dem Vorwand, die Träger suchen zu wollen, werden wir morgen fliehen.

„Und ich werde dich nie wieder sehen", schluchzte das Mädchen. „Endlich habe ich das Glück gefunden und es zieht wie ein Windstoß an meiner Seite vorbei.

„Ja, Jenny; wir werden uns eines Tages wiedersehen", versicherte Karl, nicht ganz sicher, was er sagte. Wenn das alles vorbei ist.

„Geh, Karl, geh gleich! "fragte sie mit Tränen in den Augen." Geh mit deinem und möge Gott dich beschützen.

Das Mädchen löste sich aus seiner Umarmung, öffnete die Haustür und verschwand im Inneren.

„Auf Wiedersehen, Jenny", sagte Karl. Aber Jenny konnte ihn nicht mehr hören...

Auf dem Rückweg zu Andreottis Haus fand er ihn mit einer Reihe von Vorbereitungen beschäftigt.

„Gott sei Dank bist du zurückgekommen", sagte er. „Mit der Morgendämmerung müssen wir versuchen zu fliehen. Einer meiner Männer ist gekommen, um mich darüber zu informieren, dass die Engländer beabsichtigen, morgen nach seiner wahren Persönlichkeit zu forschen. Ich habe drei Pferde präparieren lassen, um möglichst schnell das Motorboot und damit die „Graf Spee" erreichen zu können.

„Willst du das alles nicht verlassen? fragte Karl. „Hier lebte er wie ein Prinz, sein Geschäft florierte und es fehlte ihm an nichts.

„Ja, ich werde es teilweise spüren", antwortete Andreotti. "Aber nicht zu viel. Ich habe mir schon lange vorgenommen, dass ich eines Tages Kapstadt verlassen muss, und dieser Tag ist gekommen. Andererseits möchte ich ein wenig Ruhe, meine Gesundheit ist angeschlagen von der nervösen Anspannung, in der ich in den letzten Jahren gelebt habe. Ich habe im Ausland beträchtliche Ersparnisse, die ich nutzen möchte, um den Rest meines Lebens sorgenfrei zu verbringen.

„Wo ist Leutnant Berling? fragte Karl.

„Oben, ein bisschen ausruhen.

Kurz darauf erreichte Karl Helmut, der im Schneidersitz auf einem Bett lag und ruhig eine Zigarette rauchte.

„Schlaf nicht ein", riet Karl. Innerhalb von vier Stunden sollten wir unterwegs sein.

„Keine Sorge, ich werde nicht einschlafen. Ich habe zu viel Kaffee getrunken und es wäre mir unmöglich. Hast du das Mädchen endlich verlassen? „Wo?

"In ihrem Haus.

„Sie ist ein sehr hübsches Mädchen, aber sie erscheint mir ein wenig gefährlich.

„Gefährlich?", fragte Karl. „Nein, ist sie nicht. Sie weiß, wer wir sind, seit sie uns gesehen hat. Außerdem habe ich es bestätigt.

Helmut sprang wie von einer Viper gestochen auf das Bett.

"Was hast du Ihr gesagt?

"Ja.

„Aber bist du verrückt?

„Nein, bin ich nicht. Jenny wird nichts sagen.

„Will nichts sagen, huh? Du hast mich die ganze Nacht geschlagen, wofür mir immer noch der Bauch weh tut, für kleine Indiskretionen von mir, und jetzt stellt sich heraus, dass du alles der ersten Frau erzählst, die dich mit Kuh ansieht Augen. Es scheint wie eine Lüge! „Helmut ist mit den Händen auf dem Kopf im Zimmer herumgelaufen." Was für eine Unklugheit, mein Gott, was für ein Leichtsinn!

"Beruhige dich! fragte Karl. „Ich versichere Ihnen, dass wegen ihr nichts passieren wird. Ich erzähle dir später von Jenny.

„Später? Wann? Wenn uns das Wasser bis zum Hals steht? Was für eine schöne Situation! Auf der einen Seite die Engländer und auf der anderen der Dschungel mit seinen freundlichen und unglücklichen Würmern doppelter Cognac zum Vergessen." Helmut verschwand durch die Tür, gefolgt von Karl.

* * *

Mit dem ersten Morgengrauen verließen die beiden deutschen Leutnants und Andreotti die Stadt. Ihre Reittiere waren gut und sie ritten mit beachtlicher Geschwindigkeit durch das Dickicht und die Bäume des Dschungels. Plötzlich blieb Andreotti stehen.

„Jemand folgt uns", sagte er. Lassen Sie uns den Marsch beschleunigen.

Sie brachten die Pferde in Galopp, mussten aber häufig vor natürlichen Hindernissen wie Sumpfgebieten, kleinen Bächen oder überwucherter Vegetation anhalten.

„Jetzt bin ich sicher, dass sie uns folgen", sagte Andreotti noch einmal und stoppte sein Pferd. Ab hier sind die Pferde nicht mehr zu gebrauchen. Wir müssen sie verlassen und den Marsch zu Fuß fortsetzen.

Sie schulterten die kleinen Bündel, die der deutsche Agent mitgebracht hatte, und gingen ins Unterholz.

Nach kurzem Gehen stieß Karl einen Warnruf aus. Eine Gruppe von mit Gewehren bewaffneten Männern rannte einen nahe gelegenen Hügel hinunter.

„Die indigene Polizei!" rief Andreotti. "Mit voller Geschwindigkeit!

Sie wollten gerade ihren Lauf fortsetzen, als ein Mann vor ihnen auftauchte, den Karl sofort als Lieutenant Jenkins erkannte. Er hatte eine Pistole in der Hand, mit der er sie auf sie richtete, und ein ironisches Lächeln erschien auf seinem Mund.

„Meine Herren, die Komödie ist vorbei! "Er sagte". Machen Sie sich im Namen Seiner Britischen Majestät zu Gefangenen.

Blitzschnell zog Karl seine Pistole und feuerte fast ohne zu zielen. Jenkins legte seine linke Hand auf seine rechte Schulter und ließ die Waffe fallen. Ein neuer Mann tauchte aus dem Dickicht auf, zielte sorgfältig und feuerte auf Karl. Aber dann passierte etwas Unerwartetes, etwas, woran niemand dachte. Eine Gestalt in einem weißen Kleid erschien auf der Bildfläche und warf sich Karl in die Arme. Die für ihn bestimmte Kugel blieb im Rücken des Neuankömmlings stecken, und Jenny, weil sie es war, fiel zu Boden. Andreotti feuerte seinen Revolver auf denjenigen ab, der das Mädchen verwundet hatte, und eliminierte ihn mit einem präzisen Kopfschuss.

Karl kniete neben der jungen Frau und ließ sie ihren Kopf auf seinen Arm legen.

„Jenny!" er rief aus. „Warum hast du das getan?

„Karl, ich ... ich habe erfahren, dass du verhaftet wirst, und ich wollte es dir sagen, aber ... ich war spät dran. „Sie sprach mit Mühe und großer Anstrengung, und Karl wurde schmerzlich klar, dass das Mädchen im Sterben lag.

Helmut hatte eine Waffe auf Lieutenant Jenkins gerichtet, der an einem Baum lehnte und seine verletzte Schulter mit der Hand umklammerte. Andreotti beobachtete hinter einigen Büschen die einheimische Polizei, die sich schnell näherte.

„Jenny", sagte Karl, „du hast mir das Leben gerettet, indem du deins bloßgestellt hast. Du solltest es nicht tun.

„Ich bin glücklich, Karl", sagte sie mit gebrochener Stimme. „Du hast mir die einzigen wirklich glücklichen Momente meines Lebens geschenkt. Jetzt kann ich sagen, dass ich einmal glücklich war. "Dann fuhr sie fort: Ich werde sterben ...

„Nein Jenny, nein! „Er schrie und machte eine Bewegung, um sie in ihre Arme zu nehmen und sie hochzuheben." Wir nehmen dich mit und du wirst bald gesund sein.

Das Mädchen hielt ihn mit einer schwachen Geste auf.

„Armer Karl! "Sie sagte". Du weißt, das kann nicht sein.

Die blaue Farbe seiner Augen wurde von Moment zu Moment intensiver und sein Atmen schwerer.

„Karl, sag mir was. Dort drüben ... in Deutschland wartet jemand auf Ihre Rückkehr ... richtig?

Er blickte nach unten und spürte, wie sich seine Augen für einen Moment trüben.

„Ist sie hübsch, Karl? ", fragte sie und streichelte das Gesicht des deutschen Leutnants.

„Ja, Jenny, sie ist sehr hübsch; aber nicht so viel wie du.

„Danke, Karl", bedankte sie sich mit einem schwachen Lächeln.

„Ich wünschte, ich könnte etwas für dich tun", schrie er gequält.

„Du kannst es machen, wenn du willst. Küss mich noch einmal.

Karl beugte sich über das Mädchen und drückte seine Lippen auf ihre. Als er sich wieder aufsetzte, war Jenny bereits abgelaufen. Ihre Wangen waren weiß wie Schnee und ihre Augen starrten auf den Himmel.

„Auf Wiedersehen, Jenny!", sagte Karl, nachdem er den Kopf des Mädchens sanft zu Boden gesenkt hatte: „Vergiss dich nie!

In diesem Augenblick kam Helmut zu seinem Freund gerannt, packte ihn am Arm und zwang ihn, ihm zu folgen.

Als er an Leutnant Jenkins vorbeikam, hielt Karl einen Moment inne.

„Brauchst du etwas?", fragte er.

"Nichts, danke.

„Es tut mir leid, dass wir uns nicht unter besseren Umständen getroffen haben.

Schnell wie der Wind verschwanden die drei Männer im Dickicht.

KAPITEL XII
DIE FLUCHT

Mehr als drei Stunden lang liefen sie unaufhörlich in zügigem Tempo durch den Dschungel, dicht gefolgt von der einheimischen Polizei. Helmut keuchte laut. Seine Lungen schienen zu platzen und sein ganzer Körper war schweißbedeckt. Ohne sich Gedanken über die mögliche Anwesenheit von Schlangen zu machen, die ihm so viel Schrecken einflößten, begab er sich in das bunteste Gestrüpp oder planschte ohne Angst in den Watten und Sümpfen. Er verfluchte alles leise, die Engländer, Karl, den deutschen Agenten und sich selbst, und hätte sich zum Teil über das Erscheinen irgendeines Reptils gefreut, an dem er versprochen hatte, seine Wut auszulassen.

Auch Karl, ein paar Schritte vor seinem Freund, lief, so schnell seine müden Beine ihn trugen, und achtete kaum auf seine Umgebung. Er marschierte wie ein Automat, ohne den Grund für diesen wilden Flug genau zu verstehen. Als er an einem trockenen, rissigen Baum vorbeikam, schnitt er sich mit einem zu niedrigen Ast tief in den Arm, aber er bemerkte es kaum. Seine Hände und Füße bluteten stark, und der Schlamm, der seine Wunden bedeckte, hätte einem anderen, der nicht Karl gewesen war, eine schreckliche Qual zugefügt, völlig blind gegenüber der Realität. Seine Aufmerksamkeit konzentrierte sich auf die Erinnerung an die lange Reihe von Ereignissen, die ihnen in wenigen Stunden widerfahren waren. Seine Abfahrt von der Graf Spee, der lange Treck durch den Dschungel auf dem Weg nach Kapstadt; die englischen Offiziere, die sie im Nachtklub trafen, wo Jenny für ihn das Lied gesungen hatte, von dem er glaubte, es noch zu hören; das Abendessen bei Andreotti und der parfümierte Atem des Mädchens und vor allem ihr Tod in ihren Armen. Karl fragte sich, ob nicht alles ein Traum oder Albtraum seiner Fantasie gewesen war. Aber die Flüche, die Helmut ständig hinter seinem Rücken murmelte, ließen ihn von einer solchen Annahme absehen: Es war Realität; angenehme und traurige Realität zugleich.

Andreotti war der einzige, der cool blieb. Er zeigte große Übung, die er zweifellos während seines langen Aufenthalts in Afrika erworben hatte, und bahnte sich relativ mühelos seinen Weg durch die dichte Vegetation, nutzte die abgelegensten Pfade und fand die unerwartetsten Abkürzungen. Gelegentlich hielt er kurz inne und lauschte angestrengt, um dann sofort seinen schwindelerregenden Lauf wieder aufzunehmen.

Sie erreichten den Fluss, wo sich Karl und Helmut am Nachmittag zuvor so hastig gesehen hatten.

„Diese Gewässer sind voller Krokodile", warnte Karl Andreotti.

„Ich weiß", war seine Antwort. Dann entnahm er einem Paket vier kleine Artefakte in der Größe einer Orange, die er vorsichtig auf den Boden legte.

„Handgranaten", sagte er zu beiden Freunden. „Das wird die Echsen für einige Augenblicke fernhalten. Wir können hier die Aufmerksamkeit unserer Verfolger auf uns ziehen, aber nichts anderes ist möglich.

Andreotti nahm die vier Granaten eine nach der anderen und warf sie, nachdem er die Sicherung abgerissen hatte, in den Fluss. Vier Detonationen erschütterten den Dschungel und ebenso viele Wassersäulen stiegen zu einer beachtlichen Höhe auf. Ohne sich diesmal auszuziehen, sprangen sie sofort ins Wasser und erreichten kurz darauf das gegenüberliegende Ufer.

„Wir haben es geschafft", sagte der deutsche Agent. gehen!

Sie gingen den ganzen Tag, wenn auch langsamer, und waren am späten Nachmittag außer Reichweite der Kolonialpolizei. Andreotti blieb bei einigen Felsen am Fuße eines niedrigen Hügels stehen, warf seine Last ab und ließ sich zu Boden fallen.

„Wir werden die Nacht hier verbringen", sagte er. Innerhalb einer Stunde regnet es, und bei einem Sturm laufen wir Gefahr, uns zu verirren. Andererseits sind wir drei müde und müssen etwas essen und uns ein paar Stunden ausruhen. Mit der Morgendämmerung schaffen wir den Rest des Weges.

Helmut blickte zum Himmel auf. Im Augenblick zogen dichte schwarze Wolken auf und nahmen ein äußerst bedrohliches Aussehen an. Ein stürmischer Wind begann durch die Bäume zu pfeifen und peitschte heftig über sein Gesicht. Seine Kleidung war immer noch klatschnass und ihm war kalt. Er saß neben Karl, der mit niedergeschlagenen Augen alles zu vergessen schien.

„Komm Karl! Kopf hoch! "Er sagte". Du bist nicht schuld an dem, was passiert ist. Es ist praktisch, dass Sie versuchen, darüber hinwegzukommen, vergessen Sie nicht, dass wir unsere Mission noch beenden müssen.

Andreotti holte aus einem Sack eine Flasche Cognac hervor, die er Helmut reichte. Er entkorkte ihn und zwang seinen Freund, einen langen Schluck zu nehmen. Der Schnaps belebte Karl, der sofort aus der Fassung zu geraten schien. Helmut stellte die Flasche auf eine harte Probe und ließ sie nicht los, bis sein Magen es unbedingt befahl.

„Nun", sagte Andreotti, „suchen wir nach einer Höhle, die in dieser Gegend reichlich vorhanden ist, wo wir Schutz finden können. Der Platzregen wird groß sein.

Nach kurzer Suche fanden sie eine kleine Grotte, in der sie Zuflucht suchten. Ein Blitz, gefolgt von einem blendenden Licht, zerriss den Himmel und kündigte den Beginn eines schrecklichen Sturms an, der in den Tropen so häufig vorkommt.

Mit einigen trockenen Scheiten, die sie fanden, machten sie ein Feuer, dessen Wärme sie sich näherten. Der Dschungel war still. Seine Bewohner waren verstummt, zweifellos erschrocken durch das Donnergrollen, und allein dieses und das monotone Geräusch der dicken Wasservorhänge, die aus den Wolken fielen, störten die herrschende Stille.

„Wir müssen uns bewusst sein. Bei diesen Gelegenheiten suchen die Bestien überall Unterschlupf, und wir könnten unangenehmen Besuch bekommen.

Andreotti zog seinen Revolver aus dem Halfter, trocknete ihn sorgfältig und lud ihn mit Munition aus einem kleinen wasserdichten Segeltuchkoffer. Karl und Helmut folgten.

Die ganze Nacht hörte es nicht auf zu regnen. Mit dem ersten Tageslicht setzten sie ihren Marsch fort und kamen am frühen Nachmittag an der Stelle an, wo sie das Schlauchboot versteckt zurücklassen würden. Aber obwohl sie überall nach ihm suchten, konnten sie ihn nicht finden.

KAPITEL XIII
DAS ENDE EINES SPIONS

„Wow! Das haben wir einfach gebraucht", sagte Helmut. Also, was können wir jetzt tun?

"Nun, Vernunft", sagte Andreotti seinerseits. Besprechen Sie, ob wir einen Weg finden, das Motorboot zu erreichen.

„Ich bin mir ziemlich sicher, dass dies der richtige Ort war.

Karl erkannte immer wieder das Ufer, ging unaufhörlich von einer Seite zur anderen.

"Und Sie irren sich nicht", versicherte der deutsche Agent. In der vergangenen Nacht war die See sehr rau und die Wellen haben sicherlich die Verankerung gebrochen und das Boot mitgerissen.

„Aber wenn wir es verlassen, an Land! Helmut protestierte.

„Wo genau?

„Da. Neben diesen Felsen." Helmut zeigte mit dem Finger auf einige Felsen hinter ihm, etwa fünfzig Meter vom Wasser entfernt.

„So zu sein", fuhr Andreotti fort, ist die Sache sehr klar. Die Flut ist hochgekommen, wie Sie an den zurückgelassenen Zeichen sehen können, und er hat sie weggenommen.

„Ich habe den Matrosen befohlen", sagte Karl, „so nah wie möglich an die Küste zu kommen. Vielleicht können wir sie orten.

Die drei begannen, das Meer vorsichtig abzusuchen. Plötzlich schrie Helmut auf.

„Da, da sind sie. Auf der rechten Seite, etwa zwei Meilen von hier.

Wahlweise sahen sie an der von Helmut angegebenen Stelle einen unbestimmten schwarzen Punkt, nahmen aber logischerweise an, dass es sich um das Motorboot handelte. Sie verbrachten mehr als eine Stunde damit, zu schreien, zu gestikulieren und Äste und weiße Lumpen zu schwenken, aber es war alles sinnlos. Sie machten ein Feuer und hofften, dass der Rauch von den Seeleuten leicht gesehen werden würde, aber das war es nicht.

„Wir können nicht den ganzen Tag damit verbringen, ihre Aufmerksamkeit zu erregen. Ich schätze, ihr Jungs könnt schwimmen, oder? fragte Andréotti.

„Ich glaube, das ist das Einzige, was ich in diesem Leben gut gelernt habe", versichert Helmut.

„Nun, lass uns keine Zeit mehr verschwenden und versuchen, das Motorboot schwimmend zu gewinnen.

Andreotti öffnete schnell die Pakete, die er mitgebracht hatte, holte kleinere heraus, band sie sich um die Taille und warf den Rest ihres Inhalts weg.

Sie sprangen ins Wasser und begannen zu schwimmen. Sie waren auf halbem Weg, als Karl und Helmut das Blut gefror. Andreotti hatte gerade einen Schrei ausgestoßen, einen verzweifelten Schrei, eine Mischung aus Angst, Schmerz und Angst. Karl drehte sich schnell um und für einen Moment konnte er das Gesicht des deutschen Agenten zu einer scheußlichen Grimasse verzerrt sehen, bevor er unter Wasser verschwand.

„Haie! ", sagte Karl und begann sofort mit aller Kraft zu schwimmen, hinter Helmut her, der zu dieser Zeit alle Weltrekorde brach.

Sie legten ungefähr dreihundert Meter zurück, ohne von einem Hai angegriffen zu werden, und Karl vermutete, dass derjenige, der Andreotti in Stücke gerissen hatte, ein isoliertes Exemplar gewesen sein musste. Aber dafür bremsten sie nicht.

„Sie haben uns gesehen, sie haben uns gesehen! " schrie Helmut Minuten später. Sie kommen hier entlang.

Kurz darauf stiegen die beiden Freunde, unterstützt von den beiden Matrosen, völlig erschöpft an Bord des Motorbootes.

Da die „Graf Spee" sie erst in der darauffolgenden Nacht erwartete, verbrachten sie den Rest des Tages damit, den von Langsdorff für das

Treffen angegebenen Ort zu umschiffen, zur großen Verzweiflung von Helmut, der inzwischen ein gutes Zeichen gegeben hatte Konto der Sherryflasche.

Endlich entdeckten sie in der Ferne ein Licht, das größer wurde, je näher es kam, und bald waren sie auf dem Deck des Schlachtschiffs, Langsdorff gegenüber, der ihnen herzlich die Hand zur Begrüßung schüttelte.

Sie erzählten in wenigen Worten alles, was ihnen widerfahren war, seit sie die Graf Spee verlassen hatten, wobei Karl vorsichtigerweise über Jenny schweigt. Sie informierten den Kapitän auch über Andreottis Tod und seine Umstände und informierten ihn über die unverzügliche Präsenz einer mächtigen englischen Flottenformation in diesen Gewässern, bestehend aus dem Kreuzer «Renown», dem Flugzeugträger «Ark Royal» mit sechzig Flugzeugen und vier Zerstörer. Karl übermittelte auch die Meinung des deutschen Agenten, dass es am besten wäre, in den Indischen Ozean zu gehen, wo England keine starken Einheiten hatte, sowie die Präsenz eines Geschwaders in lateinamerikanischen Gewässern, das aus den Kreuzern „Cumberland" bestand », «Exeter», «Ajax» und «Achilles». Langsdorff gratulierte ihnen herzlich zum glücklichen Erfolg seines Unternehmens,

KAPITEL XIV
VERFOLGT

Am 14. November segelte der deutsche Korsar bereits durch den Kanal von Mosambik. Es war ihm gelungen, die Spitze des Kaps der Guten Hoffnung ohne Zwischenfälle zu überqueren, trotz der strengen Überwachung, die die Engländer in diesem Gebiet mit kleinen Schiffen errichteten.

Am nächsten Tag wurde ein Schiff mit kleiner Verdrängung, die "Africa Shell", gesichtet, von einem Torpedo getroffen und sank schnell.

Vizeadmiral Wells erfuhr genau am 18. vom Untergang der «Africa Shell» und steuerte schnell mit der Stärke «K» auf den Kap-Meridian zu, um seitdem die Rückkehr der «Graf Spee» in den Atlantik abzufangen der englische Kommandant meinte, da das Korsarenschiff bald seine Rückkehr nach Deutschland antreten sollte, sei dies der einzig mögliche Weg.

Die Überwachung der Kraft «K» war nutzlos. Aufgrund des schlechten Wetters konnte das Flugzeug nicht starten, und ohne es war es fast unmöglich, das Schlachtschiff zu finden. In Anbetracht dessen beschloss Wells, nach Kapstadt zu gehen, um seine Schiffsbesatzungen auszuruhen, aber wenige Stunden nach dem Ankern am englischen Stützpunkt erhielt er die Nachricht vom Untergang der "Dorio Star", einem 1.086 Tonnen schweren Handelsschiff , an der „Graf Spee", dreihundert Meilen, 270. von der Südgrenze Angolas entfernt. Der Korsar war wieder im Atlantik, ohne dass sie etwas dagegen tun konnten.

Wells steuerte mit all seinen Einheiten einen Punkt an, der gleich weit von Kapstadt, Port Stanley und Rio de Janeiro entfernt war, von wo aus er dorthin eilen konnte, wo sich die „Graf Spee" befand. Aber Langsdorff, der das Manöver von Wells ahnte, steuerte auf den Südatlantik zu, trotz der Gefahr, unter die Kanonen der südamerikanischen Flotte zu fallen, die weniger stark als Force 'K', aber ein furchterregender Feind war.

Besagte südamerikanische Flotte, kommandiert von Commodore Harwood, bestand aus vier Kreuzern: der 10.000 Tonnen schweren Cumberland mit acht 208-Millimeter-Kanonen, weiteren acht 102-Millimeter-Kanonen und acht 533-Millimeter-Torpedorohren. Sie entwickelte zweiunddreißig Knoten Geschwindigkeit. Die „Exeter" mit achttausenddreihundertneunzig Tonnen, bewaffnet mit sechs 203-Millimeter-Kanonen, acht 102-Millimeter-Kanonen, mehreren Flugabwehrgeschützen und acht 533-Millimeter-Torpedorohren. Ihre Geschwindigkeit betrug bis zu dreißigeinhalb Knoten, kaum mehr als die Cumberland. Die „Ajax" verdrängte siebentausend Tonnen und war mit sechzehn Kanonen, acht 152-Millimeter- und acht 102-Millimeter-Kanonen, Flugabwehr und acht 533-Millimeter-Torpedorohren bewaffnet. Der «Achilles» hatte die gleichen Eigenschaften wie der Vorgänger.

In den ersten Dezembertagen war die «Cumberland» in Port Stanley und führte diverse Reparaturen durch. Harwood hatte daher nur die Exeter, die Ajax und die Achilles und war gezwungen, sie weit voneinander entfernt zu halten, um ein riesiges Gebiet von mehr als zweitausend Meilen abzudecken.

Am 3. Dezember erhielt der Kommodore die Nachricht vom Untergang der «Doric Star» durch die «Graf Spee», die im Indischen Ozean liegen sollte. Die Anwesenheit des Korsaren in atlantischen Gewässern wurde später vom holländischen Dampfer «Mapia» bestätigt.

Harwood vermutete, dass das deutsche Schlachtschiff nach dem Untergang der Doric Star schnell seine Position ändern und entweder nach Südwesten oder nach Norden fahren würde. Im letzteren Fall würde ihm die Kraft «K» den Weg versperren; aber wenn sie nach Südwesten fuhr, sollte er sie mit seinen drei Kreuzern unterhalb der Graf Spee treffen. Er kam zu dem Schluss, dass es im Morgengrauen des

12. Dezember in der Gegend von Rio de Janeiro erscheinen könnte; am Nachmittag des zwölften oder am Morgen des dreizehnten in der Mündung des Río de la Plata oder am Nachmittag des vierzehnten in den Gewässern der Falklandinsel. Wo hin? Er entschied sich zu Recht für den zentralen Punkt, nämlich die Plata-Mündung, wo der Schiffsverkehr beträchtlich war. In einem Funkspruch gab er seinen Schiffen «Exeter» und «Achilles» Treffpunkt für den Morgen des 12.

Der englische Kommodore studierte das Problem sorgfältig und kam zu dem Schluss, dass er sich, wenn das Treffen vor dem siebzehnten Tag stattfände, allein der «Graf Spee» stellen müsste, da die «K»-Truppe am zwölften Tag noch sehr weit entfernt war, etwa fünfzehnhundert Meilen vom Treffpunkt entfernt. Sollte er einfach Kontakt aufnehmen, während er auf die Waffen der Renown und die Flugzeuge der Ark Royal wartete? Aber ein solcher Kontakt könnte nachts verloren gehen, und tagsüber müsste die Sicht ständig außerhalb der Reichweite der Kanonen des Korsaren liegen. Solche Gründe veranlassten ihn, die einfache Kontaktpflege aufzugeben und sich für den Kampf zu entscheiden, wobei er die Artilleriemacht seiner Kreuzer mit ihrer Aufteilung in drei Gruppen und ihrer Mobilität, die der seines mächtigen Gegners überlegen war, geschickt ausspielte.

* * *

Am 3. Dezember versenkte die «Graf Spee» die «Tairoa» vor der Küste Afrikas und machte sich aus zwei Gründen auf den Weg nach Amerika: Erstens, um von Orten wegzukommen, an denen sie stationiert war, und zweitens, weil nach dem Untergang der Öltanker «Ussukuma» durch die Briten war das Problem der Treibstoffversorgung extrem schwierig geworden und die Situation begann für den deutschen Korsaren, dem seine letzten Vorräte schnell ausgingen, düster zu werden. Andererseits warteten die Engländer, die wussten, dass der Dampfer „Tacoma", der im Hafen von Montevideo ankerte, Dieselöl und Vorräte für die „Graf Spee" lud, am Ausgang der Plata-Mündung auf sie.

Am siebten jagte das Taschenschlachtschiff die 3.895 Tonnen «Streonshalm», die es mit seiner 280-Pfund-Artillerie angriff und dann in Richtung La Plata segelte. Am dreizehnten sah sie etwas Rauch auf ihrer Backbordseite, an der Grenze des Horizonts, und sie ging auf sie zu, um sie zu erkennen.

KAPITEL XV
KARLS GEHEIMNIS

Seit seiner Rückkehr in die Graf Spee konnte Helmut bei Karl eine große Veränderung feststellen. Wenn er nicht im Dienst war, verbrachte er den größten Teil des Tages eingesperrt in seiner Kabine oder ging allein und nachdenklich an Deck auf und ab. Wenn ihn jemand ansprach, beschränkte er sich darauf, mit einsilbigen Worten oder mit einfachen Kopfbewegungen zu antworten. Helmut versuchte vergeblich, seinen Freund zu einer Reaktion zu bewegen und ihn aus der Verzweiflung zu reißen, die ihn überwältigte. Zwar war Karl schon immer, oder zumindest solange er ihn kannte, ein kleiner Sonderling gewesen, aber in letzter Zeit hatte seine Fremdheit erheblich zugenommen.

Eines Nachts, als die Graf Spee nach Amerika fuhr, ging Helmut an Deck und wollte vor dem Schlafengehen noch ein wenig spazieren gehen. Der Himmel war klar und der Mond spiegelte sich in seiner ganzen Pracht im leicht gekräuselten Meer. Es wehte eine angenehme Brise, mit der Helmut seine Lungen füllte. Er beugte sich über das Geländer und zündete sich eine Zigarette an.

Es waren noch keine fünf Minuten vergangen, als sich ihm ein Schatten näherte, der aus der Dunkelheit auftauchte.

„Hallo Helmut!

„Guten Abend, Karl", grüßte er.

„Konnte nicht schlafen, hm?

„Nein. Es ist zu heiß.

Beide Männer rauchten lange schweigend. Schließlich wandte sich Karl, seine Zigarette ins Wasser werfend, seinem Freund zu.

„Das wird hässlich", sagte er. Wir sollten längst zurück sein und sind immer noch mitten im Atlantik, von allen Seiten bedrängt und ohne genau zu wissen, wohin es geht.

„Ich vertraue Langsdorff", versicherte ihm Helmut ruhig. Er wird wissen, wie er uns aus der Klemme holen kann.

„Langsdorff ist nicht unfehlbar. Ohne Nahrung und Treibstoff kann nicht einmal er etwas tun. Gasöl geht zeitweise zur Neige und Haubitzen und Torpedos sind knapp. Wells und Harwood nähern sich uns und sie werden nicht lange brauchen, um uns zu jagen. Es scheint mir, dass die Graf Spee niemals nach Deutschland zurückkehren wird.

"Das ist eine sehr pessimistische Sicht der Lage", sagte Helmut, dachte aber auch wie sein Freund.

Karl zündete sich eine neue Zigarette an, und nachdem er einen Zug genommen hatte, sagte er:

„Ich weiß nicht genau, was passieren wird, aber für den Fall, dass etwas schief geht und ich nicht nach Deutschland zurückkehren kann, möchte ich, dass Sie sich eine Geschichte genau anhören, die Sie Naty so erzählen, wie ich sie erzählen werde für dich. Dann bitte ihn, mir zu vergeben.

Helmut nahm sich vor, keine Silbe von dem zu verpassen, was er gleich hören würde. Er würde endlich das Geheimnis erfahren, das Karl so lange so eifersüchtig gehütet hatte.

„Ich „begann sein Freund", ich tötete Natys Vater.

Es entstand eine tiefe Stille, die schließlich von einem Lachen von Helmut unterbrochen wurde.

„Aber was für einen Unsinn sagst du? Natys Vater wurde von einer Mine, die beim Beladen der „Staal" explodierte, in Stücke gerissen.

„Genau", bestätigte Karl. Ich war zwar nicht der materielle Autor; aber diese meine sollte nicht den Tod von Leutnant Müller verursachen, sondern meine.

„Ich verstehe dich nicht", sagte Helmut.

„Jetzt wirst du mich verstehen. Als ich kurz nach dem Verlassen der Akademie auf die „Staal" versetzt wurde, lernte ich auf diesem Schiff einen Leutnant kennen, Natys Vater, und wir wurden sofort gute Freunde, obwohl er viel älter war als ich. Müller kam nicht von der Akademie, hatte aber nach langjährigem Dienst in der Marine sein Abitur gemacht. Es mag ihm an theoretischem Wissen gefehlt haben, aber in Bezug auf die Praxis gab er jedem Offizier der aktuellen Beförderungen hundertneun. Von ihm habe ich das meiste Wissen gelernt, das ich habe, und es amüsierte ihn sehr, zu sehen, wie man einen einfachen Schusswinkel berechnet. Ich wurde in komplizierte mathematische Operationen verwickelt, die er für völlig unnötig hielt. Er war ein ausgezeichneter Mensch und wurde vom Kapitän bis zum letzten Matrosen geschätzt und respektiert. Vor vielen Jahren hatte er ein Mädchen geheiratet, ich beziehe mich auf Natys Mutter, die kurz darauf durch den Tod ihres Vaters in den Besitz eines großen Vermögens gelangte. Trotz des Wunsches ihrer Frau wollte Müller die Marine nicht verlassen, erstens, weil er sich ihr gegenüber wahrhaft berufen fühlte und zweitens, weil es ihm nicht anständig erschien, auf Kosten von Geldern zu leben, die ihm nicht gehörten. Vielleicht war sein Urteil etwas übertrieben, aber er blieb bei seiner Entscheidung.

In so vielen Kneipen und Cafés wie möglich Halt gemacht, und das Ergebnis war, dass ich völlig betrunken war, als es an der Zeit war, in den «Staal» zurückzukehren, um meinen Dienst anzutreten. Natys Vater versuchte, mich wiederzubeleben und zu überreden zu gehen, da es mir ernsthaft schaden könnte, wenn ich meine Arbeit versäumte, aber ich bestand darauf, völlig von Alkoholdämpfen beherrscht, bei ihnen zu bleiben. Ich erinnere mich, dass ich Natys Vater beleidigt und ihm gesagt habe, dass ich tun würde, was ich wolle. Er übernahm meinen Zustand und ersetzte mich, damit meine Abwesenheit nicht bemerkt würde. Eine Stunde später explodierte eine fehlerhafte Mine, während sie auf die Staal geladen wurde, und tötete vier Männer, drei Matrosen und Leutnant Müller. da es mir ernsthaft schaden könnte, wenn ich meine Arbeit vernachlässige, bestand ich darauf, völlig von Alkoholdämpfen beherrscht, bei ihnen zu bleiben. Ich erinnere mich, dass ich Natys Vater beleidigt und ihm gesagt habe, dass ich tun würde, was ich wolle. Er übernahm meinen Zustand und ersetzte mich, damit meine Abwesenheit nicht bemerkt würde. Eine Stunde später explodierte eine fehlerhafte Mine, während sie auf die Staal geladen wurde, und tötete vier Männer, drei Matrosen und Leutnant Müller. da es mir ernsthaft schaden könnte, wenn ich meine Arbeit vernachlässige, bestand ich darauf, völlig von Alkoholdämpfen beherrscht, bei ihnen zu bleiben. Ich erinnere mich, dass ich Natys Vater beleidigt und ihm gesagt habe, dass ich tun würde, was ich wolle. Er übernahm meinen Zustand und ersetzte mich, damit meine Abwesenheit nicht bemerkt würde. Eine Stunde später explodierte eine fehlerhafte Mine, während sie auf die Staal geladen wurde, und tötete vier Männer, drei Matrosen und Leutnant Müller.

Karl schwieg. Helmut beobachtete ihn atemlos, eine verblüffte Grimasse im Gesicht.

„Seitdem", fuhr Karl fort, „habe ich die schreckliche Besessenheit nicht losgeworden, dass ich an seinem Tod schuld war, dass ich ihn getötet habe wegen meines unsäglichen Verhaltens. Der Kapitän der «Staal» erfuhr es zum Zeitpunkt der vorgenommenen Auswechslung nicht und die anderen Offiziere, die in das Geheimnis eingeweiht waren, schwiegen. Aber ich konnte mir diese Situation nicht gefallen lassen eines langen und schönen Tages besuchte ich Natys Mutter und erzählte ihr alles. Nie werde ich die Mühe vergessen, die es gekostet hat, meine Geschichte zu Ende zu bringen. Frau Müller hörte bis zum Ende aufmerksam zu, ohne jeglichen Groll oder Rührung zu äußern. Nur tiefe Traurigkeit spiegelte sich wider auf ihrem Gesicht. Als ich fertig war, sagte sie zu mir:

„Mein Sohn, ich glaube nicht, dass du schuldiger bist als die anderen. Harold hatte mir mehrmals von Ihnen erzählt. Er wusste, dass Sie gute Freunde waren, und ich weiß, dass Sie sich unter anderen Umständen genauso verhalten hätten wie er.

„Mir schien", sagte Karl weiter, „dass die Last eines Berges von meinen Schultern verschwand, ich wieder zum Leben erwachte. Aber dann wollte Frau Müller, dass ich ihre Tochter kennenlerne, die Tochter meiner Freundin, und, verdammte Ironie, ich verliebte mich unsterblich in Naty und sie in mich. Ihre Mutter bat mich, ihrer Tochter niemals die Wahrheit zu sagen, weil es Naty, wie sie glaubte, schwerer fallen würde, mir zu vergeben und zu verstehen, dass mein Verhalten nicht die Todesursache ihres Vaters war, da war sie sich sicher . Ein paar Tage vergingen, und angewidert von meiner Feigheit erschien ich vor dem Kapitän der „Staal" und erzählte ihm auch alles. Ich wurde vor ein Kriegsgericht gestellt, aber kurze Zeit später, ich weiß immer noch nicht warum, wurde das Verfahren eingestellt und ich wurde auf meinen Posten wieder eingesetzt. Seitdem habe ich viele Male versucht, von Naty wegzukommen, aber ich habe es nicht geschafft; Ich liebe sie zu sehr. Bei unzähligen Gelegenheiten war ich versucht, ihr die Wahrheit über das zu sagen, was passiert ist, aber die Angst, sie zu verlieren, hat mich davon abgehalten. Ich möchte diese Farce nicht fortsetzen, und ich bin entschlossen, dass Sie es wissen und über mich urteilen, wie Sie es für richtig halten. Mit einem solchen Geheimnis zwischen uns könnte ich nicht an ihrer Seite leben. Aber. „Karl starrte Helmut an", falls das Schlimmste passiert und ich nicht nach Deutschland zurückkehren kann, versprich mir, dass du ihr alles so erzählst, wie ich es dir gesagt habe. Ich lebe nicht an ihrer Seite mit einem solchen Geheimnis zwischen uns. Aber. „Karl starrte Helmut an", falls das Schlimmste passiert und ich nicht nach Deutschland zurückkehren kann, versprich mir, dass du ihr alles so erzählst, wie ich es dir gesagt habe. Ich lebe nicht an ihrer Seite mit einem solchen Geheimnis zwischen uns. Aber. „Karl starrte Helmut an", falls das Schlimmste passiert und ich nicht nach Deutschland zurückkehren kann, versprich mir, dass du ihr alles so erzählst, wie ich es dir gesagt habe.

„Du hast mein Wort, Karl", sagte Helmut nur.

KAPITEL XVI
KAMPF DER FLUSSPLATTE

In den frühen Morgenstunden des 13. Dezember war Harwoods Division zweihundert Meilen bis zum 110. des Rio Grande do Sul. Das Wetter war gut, der Himmel klar, die Sicht hervorragend, eine kühle Brise aus Südosten und das Meer hinkte leicht in die gleiche Richtung. Um sechs Uhr fünfzehn Minuten zeigten die «Ajax»-Dienste Rauch in Verspätung von 320° an. Alle Zwillinge drehten sich um, und der Exeter wurde befohlen, den Signalrauch zu erkennen. Der Kommandant dieses Schiffes informierte den Kommandanten der Flotte, Commodore Harwood, der sich auf der «Ajax» befand, dass der Dampfer die Eigenschaften eines Taschenschlachtschiffs habe. Sie konnte keine andere sein als die «Admiral Graf Spee», die seit Monaten hartnäckig gesuchte und gefürchtete Korsarin. Die große Masse näherte sich mit beträchtlicher Geschwindigkeit, und die Engländer manövrierten, indem sie sich in zwei Banden aufteilten. Die „Exeter" legte ihre Pinne nach Backbord, um dem Schlachtschiff ihre Steuerbordseite zu zeigen. Auf ihrer Seite segelte die „Graf Spee" mit 125° und vierzehn Knoten, als sie auf 19.000 Metern die englische Division erkannte.

Langsdorff befahl, Aktionsstationen anzurufen, und in wenigen Sekunden nahm das Korsarenschiff ein ungewöhnliches Leben. Männer rannten in alle Richtungen, um ihre entsprechenden Positionen einzunehmen. Die Offiziere verteilten die Matrosen an den entsprechenden Stellen, und die Geschütze der drei Türme begannen sich langsam zu drehen. Der Kommandant des Schlachtschiffs erkannte, dass eine Flucht völlig unmöglich war, da die feindlichen Kreuzer die „Graf Spee" an Geschwindigkeit überholten, und bereitete sich darauf vor, den drei englischen Schiffen gleichzeitig den Kampf zu bieten und auf beiden Seiten zu kämpfen. Der Wind war günstig, um den Rauch von den Schüssen wegzublasen, und die Sicht war großartig. Langsdorff ordnete der „Exeter" einen 280-Millimeter-Turm zu, der „Ajax" einen weiteren und der „Achilles" die vier 150-Millimeter-Geschütze.

Vier Minuten nach der Sichtung, um 16.18 Uhr, eröffnete die «Graf Spee» das Feuer auf die «Exeter» und die «Ajax» mit 280-Millimeter-Kanonen in einer Entfernung von 18.500 Metern. Um 6:20 war es die «Exeter», um 6:21 die «Ajax» und um 6:23 die «Achilles». Der Kommandant des deutschen Schlachtschiffs erkannte sofort das feindliche Manöver, das darauf abzielte, es zwischen zwei Banden einzufangen, und befahl, das gesamte Feuer auf die «Exeter» zu konzentrieren, um es zu erledigen. Die Distanz war auf 16.500 Meter reduziert, der deutsche Schuss war perfekt. Die erste Salve blieb kurz, die zweite lang und die dritte teilte das Schiff. Die «Exeter» erhielt einen wahren Schrapnellregen, der zeitweise ihre Kampffähigkeit verringerte. Um 6:23 Uhr tötete ein 280-Millimeter-Spike alle Diener der Torpedorohranordnung, beschädigte die Getriebe und durchsiebte die Schornsteine und das gesamte Deck. Um 6:24, Turm B erhielt einen zentralen Treffer, der ihn außer Gefecht setzte, er fegte die Brücke und nur der Schiffskommandant und zwei Seeleute blieben unverletzt. Ein weiterer Treffer zerstörte das Ruder und die Getriebe des hinteren Kommandopostens und nur ein Turm reagierte auf das Feuer des deutschen Korsaren. Dem Kapitän blieb nichts anderes übrig, als an Deck zu gehen und von der Steuerluke von Hand die Befehle an die Maschinen, die Artillerie und die Rohre zu richten. Um 6:26 Uhr verursachten zwei weitere Treffer am Bug weitere Schäden, Brände und viele Opfer. In knapp drei Minuten hatte die „Graf Spee" die „Exeter" mit Schnellfeuer außer Gefecht gesetzt und mit ihren 150-Millimeter-Geschützen die „Ajax" und die „Achilles" von ihr ferngehalten. Aber um 6:30 Uhr befahl Langsdorff, die Kanonen der 280er auf „Ajax" zu richten und dem Schlachtschiff, sich dem leichten Kreuzer zu nähern, um ihn zu zerstören. Bis dahin, sie und ihr Zwilling, die «Achilles» hatte sechzehn 152-Millimeter-Kanonen für nur vier 150-Millimeter-Kanonen verwendet, die «Graf Spee»; Aus diesem Grund veranlasste der deutsche Kommandant, dass ihnen ein Turm der 280 gewidmet wurde. Das Manöver des Schlachtschiffs brachte die «Exeter» in die Startzone, was der englische Kapitän ausnutzte, indem er drei Torpedos abfeuerte, die ihr Ziel nicht erreichten, da Langsdorff, der sich hinter einer Rauchwand versteckte, ihnen leicht auswich.

Die «Exeter» erhielt kurz darauf zwei neue Hits. Der erste zerstörte Turm A und der zweite ging durch das Schiff und verursachte große Brände im Inneren. Zu diesem Zeitpunkt hatte der englische Kreuzer beide Bugtürme außer Betrieb. Alle Übertragungen, verstümmelt. Die Repeater der Kreiselnadel beschädigt. Einige wasserdichte Abteile, überflutet. Verschiedene Brandherde. Alle Torpedos abgefeuert und viele Tote und Verwundete. Sie hatte nur noch die beiden hinteren 203-Millimeter-Geschütze, aber ihre Effektivität war fast gleich null. Durch das Feuer mussten die Lagerräume geflutet und der Brand eingestellt werden. Schließlich drehte die von Flammen verschlungene «Exeter» nach Backbord und gab den Kampf auf, steuerte auf die Malvinas zu und traf am 16. in Port Stanley ein.

Die «Ajax» katapultierte daraufhin ein Aufklärungsflugzeug aus den beiden an Bord befindlichen «Seafox», da eine von ihnen durch Granatsplitter der «Graf Spee» zerstört wurde. Um 6.40 Uhr richtete ein Schlag der 280er auf der «Achilles» grossen Schaden an und der Kapitän wurde schwer verletzt. Von diesem Moment an zog sich der deutsche Korsar hinter mehreren Nebelwänden zurück, die von den englischen leichten Kreuzern verfolgt wurden, schneller und mit sechzehn 152-Millimeter-Geschützen in Richtung Montevideo. Die Engländer manövrierten aus Angst vor den 280 Kanonen der Graf Spee aus der Ferne, und es gab den größten Zusammenstoß des gesamten Kampfes. Die «Ajax» wurde sofort gegabelt und entfernte sich um 7:24 Uhr mit voller Geschwindigkeit von ihr, wobei sie vier Torpedos nach Backbord abfeuerte. Um 7:25 setzte ein Schuss aus der 280 den Turm X der «Ajax» außer Gefecht und ergriff die T, von nun an nicht mehr als die beiden Bugtürme nutzen zu können. Das Aufklärungsflugzeug näherte sich dem deutschen Freibeuter, wurde aber schnell durch Flak-Artilleriefeuer vertrieben. Die «Graf Spee» wurde wieder von einer dichten Nebelwand bedeckt und feuerte um 7:30 mehrere Torpedos ab, die die feindlichen Kreuzer manövrieren konnten. Harwood entschied sich dann dafür, den ballistischen Kontakt zu brechen und sich so weit wie möglich zu entfernen, ohne das Schlachtschiff aus den Augen zu verlieren. Seine Absicht war es, auf die Ankunft der Nacht zu warten und im Schutz der Dunkelheit zu versuchen, sich ihm zu nähern und ihn zu schlagen. Er hatte kaum mit der Operation begonnen, als ein Treffer der 280er die Mastspitze der Ajax zum Einsturz brachte. Um 7.50 Uhr überschritt die Entfernung zwischen den englischen Kreuzern und der «Graf Spee» 20.000 Meter. wurde aber schnell von Flugabwehrartilleriefeuer vertrieben. Die «Graf Spee» wurde wieder von einer dichten Nebelwand bedeckt und feuerte um 7:30 mehrere Torpedos ab, die die feindlichen Kreuzer manövrieren konnten. Harwood entschied sich dann dafür, den ballistischen Kontakt zu brechen und sich so weit wie möglich zu entfernen, ohne das Schlachtschiff aus den Augen zu verlieren. Seine Absicht war es, auf die Ankunft der Nacht zu warten und im Schutz der Dunkelheit zu versuchen, sich ihm zu nähern und ihn zu schlagen. Er hatte kaum mit der Operation begonnen, als ein Treffer der 280er die Mastspitze der Ajax zum Einsturz brachte. Um 7.50 Uhr überschritt die Entfernung zwischen den englischen Kreuzern und der «Graf Spee» 20.000 Meter. wurde aber schnell von Flugabwehrartilleriefeuer vertrieben. Die «Graf Spee» wurde wieder von einer dichten Nebelwand bedeckt und feuerte um 7:30 mehrere Torpedos ab, die die feindlichen Kreuzer manövrieren konnten. Harwood entschied sich dann dafür, den ballistischen Kontakt zu brechen und sich so weit wie möglich zu entfernen, ohne das Schlachtschiff aus den Augen zu verlieren. Seine Absicht war es, auf die Ankunft der Nacht zu warten und im Schutz der Dunkelheit zu versuchen, sich ihm zu nähern und ihn zu schlagen. Er hatte kaum mit der Operation begonnen, als ein Treffer der 280er die Mastspitze der Ajax zum Einsturz brachte. Um 7.50 Uhr überschritt die Entfernung zwischen den englischen Kreuzern und der «Graf Spee» 20.000 Meter. Harwood entschied sich dann dafür, den ballistischen Kontakt zu brechen und sich so weit wie möglich zu entfernen, ohne das Schlachtschiff aus den Augen zu verlieren. Seine Absicht war es, auf die Ankunft der Nacht zu warten und im Schutz der Dunkelheit zu versuchen, sich ihm zu nähern und ihn zu schlagen. Er hatte kaum mit der Operation begonnen, als ein Treffer der 280er die Mastspitze der Ajax zum Einsturz brachte. Um 7.50 Uhr überschritt die Entfernung zwischen den englischen Kreuzern und der «Graf Spee» 20.000 Meter. Harwood entschied sich dann dafür, den ballistischen Kontakt zu brechen und sich so weit wie möglich zu entfernen, ohne das Schlachtschiff aus den Augen zu verlieren. Seine Absicht war es, auf die Ankunft der Nacht zu warten und im Schutz der Dunkelheit zu versuchen, sich ihm zu nähern und ihn zu schlagen. Er hatte kaum mit der Operation begonnen, als ein Treffer der 280er die Mastspitze der Ajax zum Einsturz brachte. Um 7.50 Uhr überschritt die Entfernung zwischen den englischen Kreuzern und der «Graf Spee» 20.000 Meter.

KAPITEL XVII
FAHRT NACH MONTEVIDEO

Am 13. um acht Uhr segelte die «Graff Pee» mit zweiundzwanzig Knoten auf den Río de la Plata zu, verfolgt von den Engländern ausserhalb der Reichweite der 280 Kanonen. Die «Cumberland» befand sich in Port Stanley und die Truppe «K» segelte nach Rio de Janeiro, um den Korsaren zu ölen und zu verfolgen, falls er in den Atlantik eindrang. Die «Cumberland» erhielt daraufhin den Befehl, sich der Masse der südamerikanischen Flotte anzuschließen, und segelte bereits mit voller Geschwindigkeit nach Norden.

Obwohl die „Graf Spee" keine größeren Schäden aufwies und ihre Artillerie, Motoren und allgemeine Steuerung einwandfrei funktionierten, war der Treibstoff knapp und sie hatte Munition für dreißig Minuten Gefecht übrig. Die Lebensmittel waren knapp und einige Schäden mussten repariert werden, hauptsächlich in den Küchen und Bäckereien, die durch das Feuer der englischen Kreuzer zerstört worden waren. Unter solchen Bedingungen blieb der „Graf Spee" nichts anderes übrig, als einen neutralen Hafen anzulaufen und nach den Regeln des Völkerrechts zu tanken, Vorräte zu laden und Schäden zu beheben.

In den frühen Nachtstunden näherte sich die «Achilles» dem Schlachtschiff bis auf 19'000 Meter, doch zwei Salven, eine kurze und eine konzentrierte, von der «Graf Spee» zwangen es unter Rauchentwicklung zum Zurückweichen. Langsdorff befahl, die Schüsse aus den Bugkanonen abzufeuern, um die Engländer glauben zu machen, dass die Heckkanonen außer Betrieb seien. Der Trick zeigte Wirkung. Kurz darauf näherten sich die «Ajax» und die «Achilles» erneut, wobei sie von den Heckgeschützen mit Schnellfeuer beschossen wurden.

Um elf Uhr morgens erschien ein englisches Handelsschiff, die «Shakespeare», aber die «Graf Spee» versenkte es nicht, da Langsdorff dies nicht für angebracht hielt, ohne vorher die Besatzung zu retten. Der englische Dampfer wurde also dank des edlen Verhaltens des deutschen Kommandanten gerettet. Dieser versuchte jedoch, diese Begegnung zu nutzen, um die Distanz zwischen ihm und seinen Verfolgern zu vergrößern. Dazu gab er eine Nachricht an die englischen Kreuzer heraus, in der er sagte, dass sie die Schiffbrüchigen vom Handelsschiff abholen würden. Aber der Trick zeigte keine Wirkung.

Von diesem Augenblick an funkten die Engländer jede halbe Stunde die Lage und den Kurs des Korsaren, damit die Kaufleute, die sich ihnen in den Weg stellten, mit voller Geschwindigkeit davonziehen konnten.

Um 19.15 Uhr feuerte die «Graf Spee» zwei Salven auf die «Ajax» auf 24.000 Metern ab, die ausserordentlich präzise waren und den Kreuzer zu einem schnellen Absetzen zwangen.

Die La Plata-Mündung hat drei Eingänge. Einer im Norden, zwischen der uruguayischen Küste und dem englischen Ufer. Ein weiterer in der Mitte, zwischen dem englischen Ufer und dem Ramen-Ufer, und ein dritter im Süden, zwischen ihm und dem Kap San Antonio. Die zweite ist siebzehn Meilen lang und die südliche vierzig. Harwood befürchtete, Langsdorff würde vorgeben, nach Montevideo zu fahren und durch einen anderen Ausgang auf die hohe See zu entkommen. Er ließ den „Achilles" am Nordausgang warten und ging zum Central. Der Süden blieb unbewacht, da die Cumberland noch nicht eingetroffen war. Die «Achilles» folgte dem Schlachtschiff, das vom Mond umrissen wurde, und verringerte die Entfernung, während die Dunkelheit zunahm. Der englische Kreuzer steuerte ein wenig nach NW, um die Peillinie auf die «Graf Spee» mit dem Azimut der Sonne zur Deckung zu bringen. Mit 20: 55 feuerte das deutsche Schiff auf die «Achilles», verursachte Schaden und zwang ihn, sich hinter einer Nebelwand zu verstecken. Aber auch der englische Kreuzer hatte als Reaktion auf das deutsche Feuer Zeit gehabt zu schießen, und seine Treffer landeten in der Nähe des Bugturms des Schlachtschiffs, ohne ernsthaften materiellen Schaden zu verursachen, aber einige Tote und viele Verletzte zu verursachen. Unter ihnen waren Karl und Helmut. Der erste brach mit einem Splitter in seinem Kopf zusammen und der zweite wurde gegen eine Stahlplatte geschleudert und brach sich das Bein. Karl, der in einer Blutlache lag, wurde sofort abgeholt und in die Krankenstation des Schiffes gebracht, wobei eine Wunde ganz in der Nähe seines linken Auges neben seiner Schläfe freigelegt wurde. Helmut hatte den Oberschenkelknochen seines rechten Beins an mehreren Stellen angeschlagen und mehrere kleinere Verletzungen erlitten. Aber auch der englische Kreuzer hatte als Reaktion auf das deutsche Feuer Zeit gehabt zu schießen, und seine Treffer landeten in der Nähe des Bugturms des Schlachtschiffs, ohne ernsthaften materiellen Schaden zu verursachen, aber einige Tote und viele Verletzte zu verursachen. Unter ihnen waren Karl und Helmut. Der erste brach mit einem Splitter in seinem Kopf zusammen und der zweite wurde gegen eine Stahlplatte geschleudert und brach sich das Bein. Karl, der in einer Blutlache lag, wurde sofort abgeholt und in die Krankenstation des Schiffes gebracht, wobei eine Wunde ganz in der Nähe seines linken Auges neben seiner Schläfe freigelegt wurde. Helmut hatte den Oberschenkelknochen seines rechten Beins an mehreren Stellen angeschlagen und mehrere kleinere Verletzungen erlitten. Aber auch der englische Kreuzer hatte als Reaktion auf das deutsche Feuer Zeit gehabt zu schießen, und seine Treffer landeten in der Nähe des Bugturms des Schlachtschiffs, ohne ernsthaften materiellen Schaden zu verursachen, aber einige Tote und viele Verletzte zu verursachen. Unter ihnen waren Karl und Helmut. Der erste brach mit einem Splitter in seinem Kopf zusammen und der zweite wurde gegen eine Stahlplatte geschleudert und brach sich das Bein. Karl, der in einer Blutlache lag, wurde sofort abgeholt und in die Krankenstation des Schiffes gebracht, wobei eine Wunde ganz in der Nähe seines linken Auges neben seiner Schläfe freigelegt wurde. Helmut hatte den Oberschenkelknochen seines rechten Beins an mehreren Stellen angeschlagen und mehrere kleinere Verletzungen erlitten. Unter ihnen waren Karl und Helmut. Der erste brach mit einem Splitter in seinem Kopf zusammen und der zweite wurde gegen eine Stahlplatte geschleudert und brach sich das Bein. Karl, der in einer Blutlache lag, wurde sofort abgeholt und in die Krankenstation des Schiffes gebracht, wobei eine Wunde ganz in der Nähe seines linken Auges neben seiner Schläfe freigelegt wurde. Helmut hatte den Oberschenkelknochen seines rechten Beins an mehreren Stellen angeschlagen und mehrere kleinere Verletzungen erlitten. Unter ihnen waren Karl und Helmut. Der erste brach mit einem Splitter in seinem Kopf zusammen und der zweite wurde gegen eine Stahlplatte geschleudert und brach sich das Bein. Karl, der in einer Blutlache lag, wurde sofort abgeholt und in die Krankenstation des Schiffes gebracht, wobei eine Wunde ganz in der Nähe seines linken Auges neben seiner Schläfe freigelegt wurde. Helmut hatte den Oberschenkelknochen seines rechten Beins an mehreren Stellen angeschlagen und mehrere kleinere Verletzungen erlitten.

Inzwischen war der Korsar bis auf sieben Meilen an die Hafeneinfahrt von Montevideo herangekommen, die sich gegen die Lichter der Stadt abzeichnete. Kurz darauf ankerte er in den Docks der Hauptstadt von Uruguay und um 23 Uhr wurde die Verfolgung eingestellt.

Da die Engländer nicht wussten, wann die «Graf Spee» den Hafen von Montevideo verlassen würde, und die Möglichkeit bestand, dies noch in derselben Nacht zu versuchen, verzichteten sie auf einen Aufenthalt an den Mündungen des Río de la Plata, da sie sich gegen den Himmel abzeichneten und aufs Meer hinauszogen, um die „Cumberland" zu suchen, die am 14. Dezember um zwanzig Uhr eintraf.

Als die „Graf Spee" vor Anker lag, sorgte Langsdorff für die Ausschiffung der Verwundeten und brachte sie in einem von der uruguayischen Regierung zur Verfügung gestellten Krankenhaus unter. Unter ihnen waren Karl und Helmut.

Helmuts Verletzungen waren trotz ihrer auffälligen Natur nicht schwerwiegend. Nur der gebrochene Femur gab keine Arbeit, aber am Ende wurden die Knochen an seine Stelle gesetzt und sein Bein und ein Teil seines Körpers wurden in einen Gipsverband gelegt. Karl war etwas anderes. Das Schrapnell hatte verschiedene wichtige Gewebe in Mitleidenschaft gezogen und auch reichlich Tränen produziert. Zuerst hoffte niemand, ihn zu retten, aber nach und nach wuchsen die Hoffnungen, bis ihn eines Tages der behandelnde Arzt für außer Lebensgefahr erklärte. Seine Freundin, die in einem Bett neben ihr lag und sich mehr um Karls Verletzungen kümmerte als um ihre eigenen, konnte seine Freude nicht verbergen.

„Ist er ein Freund von dir? Der Arzt fragte ihn eines Tages.
"Ja.
„Kennst du seine Familie?
„Es fehlt daran.
„In diesem Fall", fuhr der Arzt fort, „liegt es an Ihnen, ihm schlechte Nachrichten zu überbringen. Ihr Freund wird völlig blind sein.

Helmut spürte, wie ihm kalter Schweiß ausbrach. Mit furchtbar geweiteten Augen und halboffenem Mund sah er den Arzt an, als hätte er nicht ganz verstanden, was er ihm sagen wollte.

„In ein paar Tagen", sagte der Arzt, „werde ich den Verband entfernen, der sein Gesicht bedeckt. Anfangs wird er sicherlich noch etwas sehen können, aber bald, vor sechzig Tagen, wird er für immer das Augenlicht verlieren. Entschuldigung. Es wird nicht nett von dir sein, es ihm zu sagen.

Als der Arzt das Zimmer verließ, lehnte sich Helmut auf das Kissen zurück und starrte an die Decke des Zimmers. Tausend verrückte Gedanken drängten sich ungeordnet in seiner Vorstellungskraft.

KAPITEL XVIII
DAS ENDE VON «GRAF SPEE»

Langsdorff beantragte und erhielt die Genehmigung der uruguayischen Behörden, damit sein Schiff fünfzehn Tage lang im Hafen von Montevideo bleiben konnte, die Zeit, die er für die Versorgung und Reparatur des Schlachtschiffs für notwendig hielt. Doch dann wurde, zweifellos auf englischen Druck hin, eine Technikerkommission eingesetzt, die entschied, dass der Schaden an der Graf Spee innerhalb von zweiundsiebzig Stunden behoben werden könne.

Bei der Erstellung eines solchen Gutachtens wurden die Schäden, die das Linienschiff in den Küchen und Bäckereien erlitten hatte, von denen eine Besatzung von tausend Mann ernährt werden musste, offensichtlich nicht berücksichtigt. Wenn die internationale Konvention von Den Haag vorschreibt, dass jedes Kriegsschiff, das in einem neutralen Hafen ankert, mit dem versorgt werden kann, was für seine Navigation erforderlich ist, ohne jedoch seine Kampfkapazität zu erhöhen, und im Rahmen dessen, was ein Schiff tun kann, ohne diese Kapazität zu erhöhen, dann liefert Treibstoff, der es ihm ermöglicht, einen Hafen seines Landes zu erreichen, offensichtlich innerhalb der erlaubten Grenzen, und repariert auch die Schäden, die in seinen Küchen und Bäckereien entstanden sind, ohne deren Betrieb die Besatzung nicht essen und daher das Schiff nicht segeln könnte. Trotz der Bemühungen der deutschen Vertretung konnte nichts erreicht werden, und die „Graf Spee" bereitete sich darauf vor, das notwendige Öl zu laden, um in See zu stechen. Die Versorgungsarbeiten wurden mehrmals von den Briten unterbrochen, aber am Ende wurden die Arbeiten abgeschlossen.

Langsdorff beschloss, Montevideo in der Nacht vom 16. auf den 17. zu verlassen, da die Graf Spee nur nachts eine Chance hatte, durch

Überlisten der englischen Kreuzer zu entkommen. Der Kommandant des Schlachtschiffs erhielt jedoch einen Brief der Hafenbehörde, in dem ihm mitgeteilt wurde, dass das Schiff nicht auslaufen könne, bis die vierundzwanzig Stunden seit der erfolgten Abfahrt des englischen Handelsschiffs „Dunster Grageu" verstrichen seien um 18.15 Uhr in See zu stechen, gemäß den Bestimmungen von Artikel sechzehn des AbkommensXLIIdes Haager Übereinkommens. Dies zwang Langsdorff, nicht vor 18.15 Uhr am 17. oder nach 20.00 Uhr am selben Tag abzureisen, um die Zeit und das Maß anzugeben, um den Hafen am helllichten Tag zu verlassen. Draußen warteten die «Cumberland», die «Ajax», die «Achilles», die «K»-Truppe und das französische Schlachtschiff «Dunkirk», das sich zufällig in diesen Gewässern befand, auf ihn. Selbst wenn es der Graf Spee gelänge, den Kontakt mit Harwoods Schiffen abzubrechen, würden die Flugzeuge der Ark Royal sie schnell entdecken, und die «Renown» und «Dunkirk» würden ihr den Garaus machen. Unter solchen Bedingungen auszulaufen, bedeutete die Zerstörung des Schiffes oder höchstens die Überschattung des leichten englischen Sieges durch den Untergang eines leichten Kreuzers.

Dann traf die deutsche Gesandtschaft in Buenos Aires Vorkehrungen, damit die «Graf Spee» in Buenos Aires selbst oder in einem anderen Hafen Schäden reparieren konnte. Doch diese Bemühungen scheiterten.

Da die Internierung des Schiffes aus Gründen der Personensicherheit dem Dritten Reich nicht gefiel, ordnete es die Sprengung des Schlachtschiffes an. Schneebleich nahm Langsdorff den Auftrag entgegen. Sicher wäre er lieber im Kampf gegen den Feind gestorben, als den ruhmreichen Seiten seines Schiffes ein Ende zu setzen, indem er es in den grünlichen Gewässern des Mar de La Plata versenkte. Da es ihm aber sein Disziplinbewusstsein nicht erlaubte, über übergeordnete Befehle zu sprechen, nahm er sie resigniert an und bereitete sich darauf vor, sie buchstabengetreu auszuführen. Er befahl, 500 Mann auf die noch in Montevideo vor Anker liegende «Tacoma» zu verlegen und den Rest der Verwundeten, die aufgrund ihrer leichten Beschaffenheit an Bord geblieben waren, von Bord zu bringen. Um

18:18 Uhr machte die «Graf Spee» los und verließ den Hafen, gefolgt von der «Tacoma». Ein paar Meilen von ihm entfernt,

Eine gewaltige Explosion, die wie ein Schmerzensschrei durchs All schallte, erschütterte die deutschen Matrosen, die von der «Tacoma» aus den Todeskampf des Schiffes betrachteten. Das Schlachtschiff kracht heftig nach Steuerbord. Kurz darauf sprengte eine weitere Explosion einen der 280-Millimeter-Türme und die «Admiral Graf Spee» versank für immer im Atlantik. Mit feuchten Augen begrüßte Langsdorff zum letzten Mal das Schiff, mit dem er im Dienste seines Vaterlandes so viele Heldentaten auf dem Ozean vollbracht hatte, kehrte um und steuerte mit einem Motorboot Montevideo an.

* * *

Karl und Helmut saßen gemütlich auf ihren Krankenbetten. Dem ersten war die Augenbinde bereits abgenommen worden und er sah, wie der Arzt Helmut sagte, relativ gut.

"Ich muss zugeben, dass ich sehr viel Glück hatte", sagte er. „Hätte mich dieser Splitter zwei Zentimeter weiter hinten getroffen, hätte er mich auf der Stelle getötet.

„Ja, Karl, du hattest Glück", sagte Helmut seinerseits und sah seinen Freund traurig an.

"Und wie geht es dir?

„Perfekt!" versicherte Helmut. „Meine spielt keine Rolle.

„Ich fühle mich wie eine Wolke vor meinen Augen", sagte Karl und fuhr sich mit der Hand über die Stirn. „Es ist natürlich, die Wunde ist ernst und ich fühle mich immer noch schlecht deswegen.

Sein Freund senkte die Augen zu Boden und sagte dann, als ob er sich große Mühe geben würde:

„He Karl. Eines musst du wissen. „Helmut zögerte, die Worte wollten nicht herauskommen und er wusste nicht, wie er an die Frage herangehen sollte.

"Du wirst sagen.

Helmut wollte gerade etwas sagen, als eine Krankenschwester eintrat, gefolgt von Langsdorff. Der deutsche Kapitän ging schnurstracks auf die beiden Freunde zu und streckte die Hand aus.

„Ich wurde bereits darüber informiert, dass Sie sich sehr gut erholt haben, worüber ich mich sehr freue.

Sie unterhielten sich lange. Endlich erhob sich Langsdorff von seinem Stuhl, wandte sich an die beiden und sagte:

„Bald werden Sie repatriiert. Unsere Vertreter in Uruguay haben alles arrangiert, damit die Verwundeten so schnell wie möglich nach Deutschland geschickt werden können. Dort werden sie die Heilung beenden. „Dann reichte er Karl einen weißen Umschlag und fuhr fort: „Bitte besuchen Sie meine Familie, Sie leben in Berlin, und Ihre Adresse steht auf dem Umschlag Ehefrau.

„Keine Sorge, mein Kapitän, ich werde es so machen.

Langsdorff verabschiedete sich von ihnen und ging zur Tür. Er war ein paar Schritte gegangen, als er sich langsam umdrehte und sagte:

„Ich bin sehr froh, sie unter meinem Kommando gehabt zu haben. „Kurz darauf verließ er den Raum.

Am nächsten Tag finden Karl und Helmut heraus, dass Hans Langsdorff sich das Leben genommen hat, indem er sich in der Schläfe erschossen hat. Von einem falschen Ehrbegriff geleitet, wollte derjenige, der das deutsche Schlachtschiff «Admiral Graf Spee» bis dahin so erfolgreich regiert hatte, sein Schiff nicht überleben. Ohne zu berücksichtigen, dass dies nichts verbessern würde, denn neben moralischen Gründen könnte das Land von ihm in Zukunft größere Leistungen verlangen.

"Wir haben alle mit seinem Tod verloren", sagte Helmut tief betroffen. „Langsdorff hat sein Leben verloren, Deutschland einen großen Segler und uns einen guten Freund.

KAPITEL XIX
RÜCKKEHR IN DAS LAND

Die deutsche Vertretung in Montevideo erhielt bald die Genehmigung der uruguayischen Regierung, die verwundeten Besatzungsmitglieder der «Graf Spee» nach Deutschland zu repatriieren. Und so wurden zwei Wochen, nachdem das Schlachtschiff von seiner Besatzung in die Luft gesprengt worden war, fünfzig Mann, darunter Karl und Helmut, auf einen argentinischen Dampfer gesetzt, der nach Europa fuhr.

Eines Morgens, als die beiden Freunde an Deck standen und das Kielwasser betrachteten, das das Schiff hinterließ, schien es Helmut, als wäre es der richtige Zeitpunkt, Karl sein großes Unglück mitzuteilen.

„Ich freue mich, nach Deutschland zurückkehren zu können", sagte er, um das Gespräch irgendwie zu beginnen, „aber es tut mir leid, diese Meere zu verlassen, die so viele Erinnerungen für uns bereithalten.

„Mir geht es genauso", versicherte Karl, „ich werde das alles nicht so schnell vergessen.

„Erinnerst du dich an Kapstadt und die Schwierigkeiten, die wir auf der Flucht vor den Engländern hatten?

„Ja, und auch von Jenny. Sie hat mein Leben auf Kosten ihres gerettet. Ich werde sie immer in Erinnerung behalten.

„Hey, Karl", sagte Helmut dann und brachte das Gespräch auf den Boden, den er wollte. „Hast du wieder ein Unbehagen in deinen Augen bemerkt?

„Sehr oft und immer öfter", erwiderte sein Freund und versuchte, mit beiden Händen einen unsichtbaren Schleier abzureißen. „Sobald ich in Deutschland bin, werde ich zu einem guten Spezialisten gehen; Ich fange an, alarmiert zu sein.

Helmut schluckte schwer, öffnete und schloss mehrmals den Mund, und als ihm schließlich klar wurde, dass er früher oder später die Wahrheit erfahren musste, fasste er einen Entschluss.

„An dem Tag, als Langsdorff uns im Krankenhaus besuchte, habe ich versucht, Ihnen etwas zu sagen, das Sie wissen müssen, das Sie wissen müssen. Seine Ankunft hat mich unterbrochen, aber jetzt musst du mir zuhören. „Helmuts Gesicht war gelb, fast farblos, und seine Worte waren unsicher und unbeholfen. Aber mit großer Anstrengung fuhr er fort: „Die Wunde, die du dir am Kopf zugezogen hast, ist viel schlimmer, als du denkst, Karl.

„Ernst, sagst du? Aber der Arzt versicherte mir, dass es nicht gefährlich sei!

„Es gefährdet nicht dein Leben, das stimmt; aber das Schrapnell hat Ihre Sehnerven getroffen und in zwei Monaten ... werden Sie Ihr Augenlicht verloren haben. „Helmuts Stirn liefen große Schweißtropfen.

„Was sagst du?", fragte Karl, als hätte er nicht ganz verstanden.

„Du hast mich perfekt verstanden, Karl. Es tut mir leid, dass ich Ihnen so schlechte Nachrichten überbringen musste, aber der Arzt hat mir mehrmals empfohlen, dies zu tun.

„Bedeutet das, dass ich nie wieder sehen werde? Was werde ich blind sein?

"Leider schon", sagte Helmut und legte seinem Freund eine Hand auf die Schulter.

Einen Moment lang stand Karl still wie eine Statue und starrte aufs Meer hinaus. Dann drehte er sich langsam um und begann ziellos zu gehen, ohne genau zu wissen, wohin er ging. Dann hielt er inne, hob die Hände vors Gesicht, ließ sich auf eine Bank an der Wand sinken und stieß ein verzweifeltes Schluchzen aus.

* * *

Wenige Tage später ankerte das Schiff in einem deutschen Hafen und die Verwundeten wurden an Land gebracht und in ein Lazarett gebracht. Karl erhielt mehrere Anerkennungen. Helmut hoffte immer noch, dass der uruguayische Arzt sich geirrt hatte und Karls Augenlicht noch gerettet werden konnte. Aber er war bald desillusioniert. Alle Spezialisten waren sich einig, dass er sehr bald aufhören würde, Objekte zu unterscheiden, und dass sein Sehvermögen bald vollständig erloschen sein würde, das heißt, er würde vollständig blind sein.

Karl nahm die Diagnose mit völliger Gleichgültigkeit entgegen, was Helmut nicht gefiel. Wenn sein Freund geschrien oder verzweifelt gewesen wäre und selbst wenn er geweint hätte, hätte seine Reaktion eine logische und normale Erklärung gehabt, aber diese beunruhigende Stille, diese völlige Gleichgültigkeit gegenüber seinem Unglück, machte ihm Angst.

„Du musst wissen, wie man sich resigniert und versucht, sich ein wenig aufzuheitern. Das ist hoffnungslos und nichts kann getan werden, "das ich dir früher gesagt habe". Was mit dir passiert, ist sehr schmerzhaft und wir alle verstehen es. Aber vergessen Sie nicht, dass viele mehr verloren haben als Sie. Erinnere dich an die Gefährten, die jetzt auf dem Meeresgrund liegen und... erinnere dich auch an Jenny.

"Arme Jenny!" rief Karl dann aus. „Wie nutzlos war dein Opfer!

„Nein, Karl, es war nicht umsonst. Du hast noch viele Dinge im Leben übrig, einschließlich Naty.

„Ich will sie nicht mehr sehen! ", sagte er und nahm seinen Kopf in seine Hände.

„Aber sie weiß nicht, dass du hier bist!" sagte Helmut. „Wie auch immer, wenn du sie nicht sehen willst, werde ich gehen und ihr alles erzählen.

"Nein!" Karl schrie: "Nein, tu das nicht. Ich gehe, ich verspreche es dir, denn es ist doch notwendig. Sie muss doch viel wissen, und ich will mich mit dem Bild von ihr sättigen, jetzt, wo ich es noch sehe." Später... wird mir alles gleichgültig sein.

Tage später trafen beide Freunde in Wilhelmshaven ein und kehrten auf den gleichen Weg zurück, den sie einige Monate zuvor gegangen waren. Sie waren in einem Auto unterwegs, dem gleichen "Mercedes", den sie beim letzten Mal benutzt hatten, aber diesmal saß

Helmut hinter dem Steuer, und Karl neben ihm blickte auf die schnell vorbeiziehende Landschaft, die schon etwas bewölkt war.

Der Wagen hielt vor dem Haus Müller, und Karl wandte sich an seinen Freund und sagte:

„Du bleibst hier, es wird besser.

Der fröhliche Klang der Türklingel hallte durch das ganze Haus und fast sofort wurde die Tür aufgerissen. Natys schlanke Silhouette erschien in der Tür, und mit einem Freudenschrei warf sie sich Karl in die Arme. Das Mädchen, das sich noch immer nicht von ihrem Erstaunen erholt hatte, lachte und weinte gleichzeitig und stellte tausend Fragen, die meisten davon zusammenhangslos.

Sie betraten das Haus und setzten sich an den brennenden Kamin im Wohnzimmer. Es war Winter und extrem kalt. Karl starrte auf die Flammen, die die auf dem Herd gestapelten Holzscheite verschlangen, und stellte zu seinem Entsetzen fest, dass das grelle Licht des Feuers seinen Augen kaum wehtat.

Als Natys Freudenausdruck nachließ, stand Karl auf, zwang das Mädchen, den Kopf von seiner Schulter zu heben.

„Wo ist deine Mutter?", fragte er.

"Im obersten Stock. Aber lass sie jetzt. Ich will mit dir allein sein, wir nennen sie nach ihr.

„Naty", sagte Karl, „du hast mir in kurzer Zeit so viele Fragen gestellt, dass ich nicht weiß, welche ich zuerst beantworten soll. Aber zuerst möchte ich, dass Sie eines wissen. Ich habe mehrere Jahre verzweifelt mit mir gekämpft, um dir etwas mitzuteilen, was du nicht weißt, aber mir hat immer der nötige Mut gefehlt. Bei mehreren Gelegenheiten war ich versucht, für immer von dir wegzukommen, gequält von einem Geheimnis, das zu schrecklich für mein Gewissen ist, aber ich konnte es nicht, Naty. Aber jetzt möchte ich, dass du die Wahrheit erfährst, etwas, das dich sicherlich entsetzen wird, das du aber wissen solltest, da es für mich unmöglich wäre, an deiner Seite zu leben, wenn du es länger ignorieren würdest. Dann beurteile mich, wie du es für richtig hältst.

Naty, zwischen fasziniert und amüsiert, folgte Karls Bewegungen bei seinen nervösen Spaziergängen durch den Raum. Endlich blieb er stehen und begann zu sprechen. Seine Geschichte reicht von der Begegnung mit Harold Müller auf dem Kreuzer «Staal» bis zum Tod von Natys Vater. Als er fertig war, hatte das Mädchen mit verhülltem Gesicht lange bitterlich geweint.

Karl ging zu ihr und versuchte, ihre Hand zu nehmen, aber Naty riss sie weg und stand entsetzt auf und ging von ihm weg.

„Und du hast gesagt, du liebst mich?", rief sie mit gebrochenem Gesicht aus." Und hattest du den Mut, mich mit Lügen und Unwahrheiten anzusprechen, bis du mich dazu gebracht hast, dich in dich zu verlieben? Von dir ... vom Mörder meines Vaters!

Karl trat ein paar Schritte vor.

"Bleib weg!" schrie das Mädchen hysterisch: „Geh, geh sofort, verschwinde aus diesem Haus, wo du niemals hättest eintreten sollen!

Er verstand, dass Natys Entschlossenheit unumstößlich war und dass er sie für immer verloren hatte, aber stattdessen erlebte er einen Frieden und eine Gelassenheit, wie er sie seit langem nicht mehr empfunden hatte. Er ging zur Tür, nahm seine Matrosenmütze von einem Stuhl und wandte sich an das Mädchen, das immer noch schluchzend in einem Sessel saß:

„Auf Wiedersehen, Natty. Ich werde dich nie wiedersehen.

„Ich wünsche es mir", fügte sie hinzu, als Karl die Tür öffnete, die auf die Straße führte.

Naty konnte damals nicht ahnen, mit welch tragischer Genauigkeit ihre Wünsche erfüllt werden würden.

KAPITEL XX

HELMUT RAUCHT VIER ZIGARETTEN

Es ist einige Zeit vergangen, ziemlich viel, seit Karl das Haus Müller verlassen hat, und er hat nie wieder etwas von Naty gehört.

Helmut seinerseits, von seinen Verletzungen genesen, wurde dem Linienschiff «Von Tirpitz» zugeteilt, zu dem er nach einem langen Urlaub, der ihm bei seiner Rückkehr nach Deutschland gewährt wurde, kam. Nicht einen Augenblick war er von seinem Freund getrennt, den er sogar mitnahm, wenn er seine Familie besuchte. Helmuts Vater bot Karl auf Bitten seines Sohnes eine Stelle in den Büros seiner Kunstseidenfabrik an, die er trotz seiner inzwischen fast vollen Erblindung relativ gut hätte ausüben können. Aber er lehnte es ab, weil er verstand, dass die ihm ausgestreckte Hand von Mitleid bewegt war. Er entschuldigte sich und sagte, dass er sich lange ausruhen wolle und dass die Rente, die er umgehend vom Staat erhielt, es ihm ermögliche, wenn auch nicht bequem, so doch ohne wirtschaftliche Not zu leben.

Helmuts Urlaub endete und er trat in seine neue Aufgabe ein. Karl lebte einige Zeit bei den Eltern seines Freundes, die ihn nur ungern gehen ließen. Aber am Ende hat er es doch getan und sich, seinen Verhältnissen entsprechend, in einer bescheidenen Pension in Nürnberg niedergelassen.

In der Zwischenzeit bemühte sich Naty, die sich Karls traurigem Zustand nicht bewusst war, erfolglos, alles, was mit ihm zu tun hatte, in Vergessenheit zu versetzen. Sie wiederholte im Geist jedes einzelne Wort, mit dem der Junge die Ereignisse erzählte, die sich vor einigen Jahren ereignet hatten und die ihrem Vater das Leben gekostet hatten. Sie versuchte, eine Rechtfertigung für Karls Verhalten zu finden, etwas, das ihn entschuldigen oder zumindest seine Schuld mildern und sie gleichzeitig davon überzeugen würde, dass das, was passiert war, nichts als Zufall war, ein schrecklicher Zufall. Aber damit hat sie nichts anderes erreicht, als die Schuld des Mannes, der dieses Unglück verursacht hat, in ihren Augen zu vergrößern.

Eines Tages, als das Mädchen gedankenverloren auf einer Bank im Garten ihres Hauses saß, kam ihre Mutter auf sie zu.

„Naty", sagte er, „ich wollte schon lange mit dir reden. Was ist wirklich zwischen dir und Karl passiert?

Sie, die ihr eine andere als die authentische Erklärung gegeben hatte und ignorierte, dass ihre Mutter die Wahrheit seit langem kannte, antwortete:

"Jetzt weißt du es. Karl und ich haben uns nicht verstanden. Unsere Art zu sein war sehr unterschiedlich und als wir es erkannten, beschlossen wir einvernehmlich, uns zu trennen. Das ist alles.

„Naty", fuhr Frau Müller fort, „ich habe Sie aufmerksam beobachtet und kann Ihnen versichern, dass etwas mit Ihnen nicht stimmt. Du bist ständig traurig und niedergeschlagen und ich habe dich unzählige Male weinen sehen. Wenn ich mit dir spreche, antwortest du mir entweder nicht oder du scheinst aus einem tiefen Schlaf aufzuwachen. Was hat Karl dir das letzte Mal gesagt, als er dich besucht hat?

„Nichts, Mama. Du weißt, was passiert ist, und...

„Karl hat dir etwas erzählt, was vor vielen Jahren passiert ist, als er mit deinem Vater auf dem Kreuzer „Staal" diente, richtig?

Das Mädchen konnte eine unwillkürliche Überraschungsbewegung nicht unterdrücken.

„Er hat nicht „schwach versichert", er hat mir nichts darüber gesagt.

Frau Müller setzte sich neben Naty und nahm ihre Hände in ihre.

„Meine Tochter", sagte sie, „ich glaube, du hast Karls Schuld zu hart beurteilt.

„Aber Mama, weißt du ...?

„Ja, Tochter, ich weiß. Ich kenne es schon lange. Karl selbst erzählte mir alles ein paar Tage nachdem es passiert war.

„Aber wie konnte er es wagen ...?

und es ist nicht fair, so zu tun, als ob Karl dafür verantwortlich wäre. Andererseits, war Karls Verhalten schlimmer, wenn er das Getränk missbrauchte, oder das der anderen, indem es es zuließ? Nein, Naty, du hast den Fall von einem falschen Standpunkt aus beurteilt.

"Aber Mama!" Dann sagte das Mädchen. „Hast du ihm vergeben?

„Ja, Natty. Ich habe ihm seine kleine Schuld sofort vergeben. Karl hat viel gelitten, und all die Jahre war der Tod deines Vaters eine ständige Besessenheit von ihm. Er hat sich immer mehr für seinen Tod verantwortlich gefühlt, als er wirklich ist.

„Wenn er dir alles erzählt hat, warum hat er es mir dann verheimlicht?" fragte Nati.

„Weil ich ihn darum gebeten habe", sagte Frau Müller lächelnd. „Ich wusste, dass es schwieriger für dich sein würde, es zu verstehen, aber anscheinend konnte er es nicht länger vor dir verbergen. Es ist ein weiterer Beweis seiner Würde und seiner aufrichtigen Reue.

„Welche Konsequenzen hatte das beruflich für ihn? fragte das Mädchen.

„Er wurde vor ein Kriegsgericht gestellt, weil er den Kapitän der „Staal" darauf aufmerksam machte, obwohl seine Kameraden schwiegen. Es gelang mir jedoch, das Verfahren einzustellen, und er wurde wieder in seine Position eingesetzt. Dein Vater hätte es so gewollt.

Naty warf sich weinend in die Arme ihrer Mutter.

„Ich war dumm! "sagte sie zwischen Schluchzen." Jetzt verstehe ich alles, jetzt, wo ich ihn für immer verloren habe.

„Nein, Naty, du hast ihn nicht verloren", verneinte Frau Müller. „Karl liebt dich sehr, und wenn du ihn suchst, wirst du dich versöhnen.

Das tat das Mädchen. Sie suchte ihn lange vergeblich in ganz Deutschland. Sie besuchte seine ehemaligen Klassenkameraden, aber keiner wusste, wie er ihr von Karl erzählen sollte, niemand wusste, wo er war. Sie sprach mit Helmuts Eltern, da er abwesend war, und die konnten sie auch nicht führen. In den Dienststellen, von denen Karl seine monatliche Rente erhielt, teilte man ihm mit, dass diese an Oberleutnant Helmut Berling geschickt wurde, weil der Beteiligte dies so angeordnet hatte, und dass er sie ihm übergab. So verging ein weiteres Jahr, ohne dass Natys Hoffnungen schwanden.

Eines Tages, als das Mädchen in Begleitung einer Freundin den Under der Linder entlangging, kreuzte eine Gruppe Marineoffiziere ihren Weg, und sie blickte einen Moment lang geistesabwesend in die Augen. Plötzlich blieb sie stehen, denn sie hatte gerade Helmut erkannt. Der Junge unterhielt sich lebhaft mit seinen Gefährten und bemerkte sie nicht. Naty rannte ihm entgegen und nahm ihn am Arm. Helmut drehte sich schnell um und starrte sie kalt an.

„Hallo, Naty!", sagte er. „Was für eine Überraschung!

„Helmut", rief sie flehentlich. „Wo ist Karl? Ich muss es wissen.

„Du überraschst mich, Naty! ", versicherte er mit einem zynischen Lächeln. „Was willst du über Karl wissen?

„Ich möchte Sie bitten, mir mein dummes Verhalten zu verzeihen", sagte sie. „Ich hätte nie gedacht, dass ich ihm gegenüber so unfair sein könnte!

„Und das, Naty, hast du das vorher nicht verstanden? " fragte Helmut. „Findest du nicht, dass es schon ein bisschen spät ist?

„Nein, Helmut, es ist noch nicht zu spät, das kann nicht sein! Ich liebe Karl mehr denn je und ich bin sicher, er liebt mich auch und er wird wissen, wie er mir verzeihen kann. Als ich die Wahrheit erfuhr, konnte ich nicht anders reagieren, aber seitdem hatte ich Zeit, langsam nachzudenken und...

„Hey, Naty", sagte Helmut und milderte den Ton seiner Worte. „Niemand kann dir Vorwürfe machen und ich auch nicht. Es war schwer vorstellbar, dass so etwas jemals passiert sein könnte, und deine Reaktion war teilweise natürlich und logisch. Auf dieser Seite steht

Ihrer Rückkehr zu Karl nichts im Wege, da er Ihr Verhalten nie berücksichtigt hat. Aber da ist noch etwas, Karl ist nicht mehr derselbe wie früher.

„Das spielt keine Rolle. Ich werde ihn wieder zu dem machen, den Sie und ich kannten.

„Er ist blind, Naty.

„Das spielt auch keine Rolle. Ich bin überzeugt, dass er verstehen wird, dass ich …

„Nein, Naty", unterbrach Helmut ihn mit einem bitteren Lächeln. „Ich meine nicht diese Art von Blindheit, sondern eine ganz andere. Karl ist im wahrsten Sinne des Wortes blind, er kann nicht sehen, verstehen Sie?

Ein schrecklicher Krampf durchlief den Körper des Mädchens. Als könnte sie nicht verstehen, was Helmut meinte, hob sie langsam eine Hand, um sie an ihre rechte Wange zu legen. Ihre verlorenen Augen starrten, ohne zu sehen.

„Blind?", murmelte sie.

„Es tut mir leid, dass ich dir diese Schmerzen zufügen musste", sagte Helmut und packte Naty an einem Arm, weil er befürchtete, dass sie jeden Moment zu Boden stürzen würde. „Ein Stück englischer Schrapnell bohrte sich neben seiner Schläfe in seinen Kopf und griff in seine Sehnerven ein. Als er zu Ihnen ging, sah er immer noch etwas, ein bisschen, aber es war ihm nicht möglich, die Objekte und einige ihrer Details zu unterscheiden. Er sagte mir, dass er dich vorher in seine Fantasie eingravieren wollte...

Naty, immerhin eine verliebte Frau, wusste nicht, wie sie auf ihren Schmerz reagieren sollte, außer mit Tränen, obwohl in diesem Fall teilweise berechtigt, und versteckte zwischen Schluchzen ihr Gesicht an Helmuts Brust, der erschrocken nicht wusste, auf welcher Seite teilnehmen.

* * *

Karl hatte sich, seinen Verhältnissen entsprechend, in einer bescheidenen Pension in Nürnberg niedergelassen. Außer Helmut war niemand auf seinen Wohnort aufmerksam gemacht worden. Er gab nicht auf und hoffte, sein Leben den neuen Bedingungen anpassen zu können, die das Schicksal ihm gegeben hatte, aber solange er sich nicht ein wenig an sein neues Dasein gewöhnte, hielt er sich lieber von allem fern, was damit zu tun hatte seine Vergangenheit. verwandt war.

Seine erste Absicht war es, zu versuchen, das zu vergessen, was zurückgelassen wurde, und sich an die Vorstellung zu gewöhnen, dass ein neues Leben für ihn begann, an das er sich anpassen musste, bis er mit relativer Leichtigkeit zurechtkam. Aber obwohl er langsam das Letzte bekam, war es im Gegenteil nicht möglich, die Erinnerungen an sein früheres Dasein auszulöschen. Auf seinen langen Spaziergängen durch Nürnberg, die er bereits auswendig kannte, und in den Nächten, in denen er stundenlang wach blieb, wurden in meiner Vorstellung eine lange Reihe vertrauter Bilder zitiert, die vergangene Episoden, in denen er mitgespielt hatte, zum Leben erweckten Hauptrolle. Zuerst störten ihn diese Erinnerungen und er versuchte, sie zu verdrängen, aber bald erkannte er, dass seine Beschwörung die einzige Quelle war, aus der die angenehmsten Momente dieser inneren Welt entsprangen, in der er eingesperrt war. Unzählige Male durchlebte er die Odyssee der „Graf Spee", seit er die Ländereien seiner Heimat verließ, bis er von den Wellen des Atlantiks verschlungen verschwand und alle Wechselfälle durchlebte, die er auf seiner langen Reise durchmachen musste . Helmut und die anderen Gefährten des Schlachtschiffs Corsair, sein Kommandant, der unglückliche Schiffskapitän Hans Langsdorff, und Naty, die keinen Augenblick vergessen konnte, nahmen einen bevorzugten Platz in seinen Erinnerungen ein und hinterließen auch Jenny, der Schönen, einen bevorzugten Platz Mädchen, das ihr Leben opfern wollte, um Karls Leben zu retten.

Als er eines Tages durch einen kleinen Garten ging, den die Pension, in der er wohnte, hinter sich hatte, sagte man ihm, ein

Leutnant der Marine wolle ihn sprechen. Er erriet sofort, wer es war, und befahl mit großer Freude, den Besucher dorthin zu bringen, wo er war.

Kurz darauf umarmte Helmut seinen Freund und er konnte die Emotion kaum zurückhalten. Sie setzten sich auf eine Holzbank, während Naty ein paar Schritte hinter Karl durch die Tränen in den Augen ansah.

„Wie freue ich mich, Sie wiederzusehen! sagte Helmut zu seinem Freund. „Du musst mir viel erzählen. Wie verteilt ihr die Zeit? Wofür verwendest du es?

Karl gab ihm einen schnellen Überblick über seine Aktivitäten und wie er sich langsam an sein neues Leben gewöhnte.

„Und du? Wie stellt dich dein gegenwärtiges Schicksal auf die Probe?

„Sehr gut Karl. Ach, die «Tirpitz»! Was für ein Schiff! Hätte Langsdorff ihn statt des «Graf Spee» gehabt, hätte er über die «K»-Truppe und die ganze Division Südamerika lachen können. „Dann fragte er, den Ton seiner Stimme ändernd: „Meinst du nicht, Karl, dass du hier ganz allein lebst? Warum bestehen Sie darauf, von der Welt, in der Sie immer gelebt haben, und von all denen, die Sie schätzen, wegzukommen?

„Es ist besser so", sagte Karl. In dieser Welt, auf die Sie sich beziehen, gibt es keinen Platz mehr für mich. Ich bin nichts weiter als ein armer Nutzloser, ein Hindernis...

„Du irrst dich, Karl", bestritt sein Freund. „Du wirst nur in dem Maße hinderlich sein, wie du es sein willst. Es ist ein Irrtum zu glauben, dass eine einfache körperliche Verletzung, so ärgerlich sie auch sein mag, einem ganzen Leben ein Ende setzen kann. Du hast vieles hinter dir gelassen und musst den Rest deines Daseins nicht nur von Erinnerungen leben, du hast immer noch reale Dinge zur Hand.

„Nein, Helmut. Es ist besser, die Dinge zu lassen, wie sie sind. Ich gewöhne mich an die Vorstellung, dass alles ein Albtraum war und dass die einzige Realität dies ist. Es stimmt, dass ich oft nicht umhin kann, mich an die Vergangenheit zu erinnern, hauptsächlich einige seiner Aspekte, und ich mag es nicht, es noch einmal zu erleben, aber ich weiß immer noch nicht, ob derjenige, der es schafft, einige Erinnerungen zu retten, oder derjenige, der sie alle verliert, glücklicher ist.

Naty hatte das Gespräch zwischen den beiden Männern mit angehaltenem Atem verfolgt, und große Qual spiegelte sich in ihrem Gesicht wider. Helmut stand auf, legte eine Hand auf die Schulter seines Freundes und sagte:

„Jetzt wo ich mich erinnere: Ich muss das Taxi bezahlen, das muss noch vor der Tür warten. Ich bin gleich wieder da. „Mit einem schnellen Schritt ging er weg.

Karl wurde allein gelassen, dachte er jedenfalls. Er lehnte sich auf der Bank zurück, wartete auf Helmuts Rückkehr und zündete sich ohne große Mühe eine Zigarette an. Nach einer Weile glaubte er, sehr schwache und gedämpfte Schritte auf dem Kies des Gartens zu hören.

„Bist du das Helmut? "er hat gefragt.

Niemand antwortete. Nun war er sich sicher, dass er langsame Schritte ganz in seiner Nähe deutlich wahrnahm. Es gab keinen Zweifel, dass sich jemand näherte, und Karl, den Kopf auf die Seite gedreht, von der das Geräusch gekommen war, versuchte vergebens, in die Dunkelheit um ihn herum einzudringen und zu sehen, wer er sei.

„Bist du schon zurück, Helmut? ", fragte er erneut. Aber auch diesmal erhielt er keine Antwort.

Mit einem sechsten Sinn spürte er die Nähe eines Körpers und kurz darauf die Berührung einer sanften Hand an seiner eigenen. Er zuckte wie von einem Stromschlag geschüttelt zusammen und versuchte aufzustehen, konnte es aber nicht. Zwei Arme hatten sich um seinen Hals geschlungen und fast gleichzeitig spürte er den süßen Druck von Lippen auf seinen. Da ertönte eine Stimme, die ihm sehr lieb war, wie ein Flüstern dicht an seinem Ohr:

„Karl, vergib mir.

„Nati! „Er konnte immer noch murmeln, bevor er die Taille des Mädchens umschloss.

Helmut rauchte seine vierte Zigarette aus und drückte sie an einem Aschenbecher aus, um zu Karl zurückzukehren. Maria, die Besitzerin der Pension, kam ihm entgegen.

„Wirst du die Nacht hier verbringen? "Sie fragte.

Bevor Helmut antwortete, machte er ein paar Schritte und blieb vor einem großen Fenster stehen, das den ganzen Garten überblickte. Dann drehte er sich mit einem breiten Lächeln auf den Lippen langsam um.

„Nein Maria", sagte er. „Außerdem tut es mir leid, Ihnen mitteilen zu müssen, dass Sie einen guten Kunden verloren haben. Helfen Sie mir, Mr. Webers Koffer zu packen, wir reisen heute alle ab.

Und er ging auf Karls Zimmer zu.

ENDE

135

www.ingramcontent.com/pod-product-compliance
Lightning Source LLC
Chambersburg PA
CBHW051211160726
47994CB00002B/564